사적인 시차

사적인 시차

우리는 다르고 닮았다

글·사진 룬아

my

MOTHERW

PROLOGUE

아주 잠깐 재미없는 설명부터 하고 시작하려고 한다. 관사란 명사 앞에 놓여 가벼운 제한을 두는 단어로, 영어에서는 정관사 'The'와 부정관사 'A(An)'으로 나뉜다. 이미 언급했거나 우리가 알고 있는 '특정한' 것을 가리킬 때는 정관사를, 그냥 '보통'의 것이나 그런 것들 중 하나를 가리킬 때는 부정관사를 사용한다. 쉽게 말해 The가 붙으면 특별하고 A가 붙으면 보편적인 것이다.

나는 내가 되게 특별한 줄 알았다. '나'라는 명사 앞에는 A가 아닌 The가 붙어야 문법상 맞는 것이었다. 그래서 남들보다 아주 조금은 잘나야 한다고 생각했다. 공부도 조금 더 잘해야 하고, 얼굴도 조금 더 예뻐야 하고(물론 실제로 그렇지는 못했지만). 역사에 한 획까지는 아니어도 미세한 스크래치 정도는 낼 수 있을 줄 알았다. 어디에서 온 자신감인지는 알 수 없다. 어쨌든 그런 말도 안 되는 믿음 덕분에 열심히는 달렸다. 하지만 스스로 딱히 만족할 만한 삶을 살아내지 못했고, 30대 초반 즈음이 되어 숨이 턱까지 차고 나서야 비로소 내가 지극히 평범하고 보편적인 인간이라는 사실을 깨닫게 됐다.

그것은 그다지 기분 좋은 깨달음은 아니었다. 내가 평범하다니! 친구에게 '요즘 왜 이렇게 괴로운지 이제 알았어. 내가 그리 대단한 사람이 아니라는 사실을 받아들이기가 힘들어'라고 말하기도 했다. 그날의 나를 향해 소리 내어 웃어주고 싶다. 하하하. 그런 말을 하다니 정말 창피해. 나는 나도 모르는 사이 수많은 형태의 삶들을 무시하고 있던 것이다. 한껏 쭈그러지고 나서야 그동안 가볍게 봤던 타인의 삶이 얼마나 반짝이는지 알 수 있었다. 그전에 내가 정의 내렸던 '특별한' 사람이 되지 못한 게 천만다행이다. 하마터면 떵떵거리는 내 목소리만 메아리치는 우물 안 개구리로 남을 뻔했다. 그것도 만족스러워 하면서.

특별과 평범, 정말이지 그 사이는 한 뼘도 못 된다. 조금만 이렇게 보면 나만의 일이고, 조금만 저렇게 보면 우리 모두의 일이다. 이 책은 그 좁은 틈 사이에서 왔다 갔다 하는 이야기들을 모아놓은 것이다. 지극히 가깝지만 도무지 좁혀지지 않는 어떤 거리에 대한 푸념 혹은 다짐들. 그래도 이 페이지들의 어느 지점에서 우리가 만나게 되기를 바라고 있다.

아주 오래 전 '살면서 책 한 권쯤은 꼭 내고 싶다'라고 말했던, 나에게는 절대 일어나지 않을 것만 같았던 아주 특별한 일이, 그리고 매일같이 책을 만드는 누군가에게는 아주 일상적이고 평범한 일이 일어났다.

2018년 봄날에, 룬아

KINFOLK
AVEC

CONTENTS

PART 2_ A

PART 1

THE

뜨거웠던 아이는 어른이 되며
차차 식어 자신의 온도를 찾아간다.

나에게 바라는 단 한 가지 소원은,
계속 나로 남아주는 것.

자기 소개서

조금 더 어렸을 때까지만 해도 하고 싶은 게 뚜렷했다. 미스코리아나 간호사가 되고 싶었던 적도 있었지만 제일 오래 꾼 꿈은 그림을 그리고, 아름다운 물건을 만드는 것이었다. 딱히 의심할 여지없이 막연하게 미대에 지원했다. 하지만 하얀 석고상이나 보고 그릴 줄 알았지 디자인의 '디' 자도 몰랐던 나는, 어찌나 무지했는지 시각디자인의 약자가 'CD'인 줄 알았다. (물론 아닙니다.)
미술학원 선생님의 '활달한 사람들은 산업디자인이 더 잘 맞는다'는 위험한 조언을 무턱대고 따랐다. 다행히 적성에는 잘 맞았다. 제품도 만들고 가구도 만들고, 불쑥 떠오르는 아이디어들을 손바닥만한 공책에 스케치하며 세계적인 디자이너가 되어있는 모습을 상상하곤 했다.

조금 더 젊었던 나는 무식하게 돌진했다. 요령이나 전략 따위는 없었고, '열심히'만 할 줄 알았다. 졸업 후 IT 회사에 취직했는데 신입사원 주제에 개인작업까지 하겠다고 있는 휴가 없는 휴가에 영혼까지 다 끌어모아 일본이며 호주, 영국으로 전시를 하러 다녔다. 그때 아마 욕깨나 먹었을 거다. 브랜드도 없이 생각나는 대로 만들고보는 바람에 도자기 컵과 은 목걸이, 사무용 자석 세트를 만들어 한 테이블에서 팔았다. 그래도 운이 좋아서 가보지도 않은 뉴욕 모마 뮤지엄(Museum of Modern Art)에 입점까지 해보았다. 우쭐. 디자인 관련 매체에 내 작품들이 소소하게 실렸다. 혼자서도 잘 할 수 있을 것 같았다. 회사는 답답했고, 밖으로 도는 게 재미있었다. 결국 입사 3년 만에 스웨덴으로 유학을 떠났다.

외롭고 추웠지만 역사와 전통이 깊은 문화권에서의 학업은 뇌를 깨웠다. 학교 시설도, 문화도 좋았지만 무엇보다 디자이너로서의 자아를 찾을 수 있었다. 마침 한국에 북유럽 열풍이 불었고 개인 가구 브랜드도 우후죽순

생겨날 때였다. 나도 작업에 더욱 불을 붙였다. 헬싱키며 밀라노, 베를린, 런던에서 전시를 하고, 책꽂이며 의자, 꽃병 같은 물건들을 계속 만들었다. 하지만 쌓이는 건 경험치와 손바닥의 상처일 뿐 디자이너로서는 같은 자리를 맴돌았다. 내 디자인보다 더 나은 것들이 세상에 넘쳐흘렀다. 내 욕심과 만족을 채우기 위한 쓰레기를 만들고 있을 뿐이라는 생각에 괴로워졌다. 야심 찼던 유학 생활의 끝자락에서 꿈은 '리셋(reset)' 되었다.

이제는 손에 만져지지 않는 걸 만들고 싶었다. 연희동에 친환경 프로젝트 숍을 표방하는 카페를 열었고, 어쩌다 개발한 벌꿀 라떼는 달콤하고 부드러워서 나름 '인생 라떼'라는 인기도 얻었다. 수입의 일부분은 환경단체에 기부했다. 매달 전시를 기획하고, 작가들을 섭외하고, 어설픈 솜씨로 오프닝 케이터링을 준비했다. '모이다'라는 이름의 자기계발 워크숍을 진행하기도 했다. '사장님들 모이다' '그림쟁이들 모이다' 이런 식으로. 사람들은 열 평 남짓한 그 공간을 낯설어 하면서도 복합문화공간이라고 불렀다. 그야말로 중구난방이었지만 나는 하고 싶은 건 해야만 했다. 안 그러면 밤에 잠이 안 왔거든.

EKOLOGISKT
STRÖ-

그런데 이상하게도 좋아하는 일을 찾았다고 생각할 때마다 실망도 함께 따라붙었다. 기대했던 것은 이게 아닌데. 특히 돈같이 우선순위로 두지 않았던 현실적인 문제들이 가장 먼저 뒤통수를 쳤다. 겉으로 보이는 화려함은 뒤에서 감내해야 하는 거대한 고충을 가리는 얄팍한 눈가리개일 뿐이었다. 그 사실을 알기까지 오래 걸리지 않았다. 아무도 없는 가게에서 곧잘 울었다. 증발해버리고 싶은 순간이 매일 찾아왔다. 아침에 눈을 뜨면 나를 빤히 기다리고 있던 스트레스와 제일 먼저 마주했다. 어쩌면 새삼스러울 것 없는 당연한 일이었다. 나는 그랬다. 직접 경험해보기 전까지는 남들이 미리 해주는 걱정 따위 귓등으로도 듣지 않았다.

도저히 안 되겠다, 이래서는. 책상 앞에 앉아서 하기 싫은 것과 하고 싶은 것, 참을 수 없는 것과 참을 수 있는 것, 잘 못하는 것들과 잘하는 것들을 쇼핑리스트처럼 적어 내려갔다. 미대를 나왔지만 그림은 못 그렸다. 컴퓨터를 잘 다루지도 못했다. 다 팔지도 못할 물건을 만드는 일은 죄책감이 들었다. 그중에서도 가장 괴로웠던 건, 매일 같은 곳으로 출근해 혼자 영업시간을 지키고 앉아 있어야만 하는 일이었다. 카페를 열기 전에는 몰랐다. 이제 알았으니 문을 닫아야겠다고 생각했다. 평생을 약속받은 줄 알았던 꿈들이 공중분해됐다. 뜨거웠던 지난 시간이 무색해지고, 꿈을 믿었던 스스로에게 배신감을 느꼈다.

모두가 다 참고 산다고, 어떻게 하고 싶은 것만 하느냐고, 그렇게 까다롭게 굴면 할 수 있는 건 아무것도 없다고들 했다. 하지만 난 꾸역꾸역 참으며 살고 싶지 않았다. 도대체 무엇을 위해서? 난 싫으면 다른 길을 찾는다. 그게 내가 살고 싶고, 살아 온 방식이다. 한참 동안 이것저것을 적고 지워 내려간 종이 끝에는 '글'이 남아 있었다. 카페를 운영하면서 어쩔 수 없이 블로그를 시작했는데, 그게 적성에 맞을 줄은 몰랐다. 어릴 적부터 책 읽는 걸 좋아하긴 했지만 남이 써준 글이나 읽었지 그 흔한 일기도 꾸준히 써본 적 없던 나였다. 어떻게 시작해야 할지 몰라 지인들의 잡지에 짧은 에세이를 투고해보기도 했다. 그리고 지금은 '인터뷰'를 한다. 디자이너를 꿈꾸던 때만큼 설레지 않아 당혹스러웠던 적도 있었지만, 즐겁고 편하고 자연스럽다. 손에 만져지지 않는 이야기들이 쌓여가는 재미가 쏠쏠하고, 앞으로 가능해질 일들이 기대되는 날도 더러 있다. 물론 자유와 비례하여 배는 고프다.

사람들은 종종 묻는다. 그래서 그걸 하면 뭐가 되는데? 이미 무엇인데 뭐가 되느냐니, 라고 발끈하지만 나도 안다. 조급함에서 튀어나오는 못생긴 자격지심이란 걸. 그래서 이번만큼은 멈추지 않고 끝까지 달려서 보여주고 싶다. 참지 않아도 괜찮다고, 조금 돌아오느라 늦어도 괜찮다고, 뚜렷하지 않아도 괜찮다고. 도무지 걷히지 않는 막연함에 의기소침해질 때도 있지만 불안 또한 행복의 이면인 것을 이제는 안다.

누구나 자기만의 그릇을 가지고 산다.
욕심을 부리면 넘치고, 소심하게 굴면 놓친다.
하지만 넘쳐보지도, 놓쳐보지도 않으면
그릇의 크기를 알 방법이 없다.
비로소 알게 된 그릇이 생각보다 작다고 실망할 필요는 없다.
더 쉽게 행복해질 수 있다는 뜻이기도 하니까.

더콤마에이

연희동에서 1년 동안 나를 괴롭혔던 애증의 카페가 바로 '더콤마에이'다. 가게 문을 닫고 같은 이름의 인터뷰 웹진으로 전향한 지 몇 년이 지났는데도 포털사이트에 검색하면 여전히 '연희동 더콤마에이'가 먼저 보인다. 여러 해 동안 이름의 뜻을 묻는 사람들이 많았는데, 그럴 때마다 나는 중학교 영어 문법을 설명하기 시작했다.

'The'는 특정한 (또는 세상에 하나 밖에 없는) 대상을 가리키는 정관사이고, 'A'는 보편적인 대상을 가리키는 부정관사다. 그러니까 '보통의 것들이 이 공간을 통해 특별해진다', 그런 이야기였다. 딱히 직관적이라고 할 수는 없다.

게다가 '콤마'와 '에이'가 들어간 상호명은 뭐가 그리도 많은지. 마치 유행에 일조한 듯해서 기분이 별로였다. 그래서 틈만 나면 작명을 했다. 수첩 군데군데에 쓸만한 단어들을 적었다. 이름 귀신이라도 붙었는지, 나는 이미 자라고 있는 아이의 이름 짓기에 혈안이 되어 있었다. 그러다 어느 날, 기시 마사히코의 《단편적인 것의 사회학》을 읽다가 별안간 웹진 〈더콤마에이〉의 이야기를 찾았다. 그동안 한번도 제대로 정리하지 못한 이야기가 단순하고 담백하게 쓰여 있었다.

> *… 초등학교에 들어가기 전부터 요상한 버릇이 있었다. 길에 굴러다니는 돌멩이를 적당히 집어 들고 언제까지나 그 돌을 지그시 바라보는 버릇이었다. 내 정신을 쏙 빼놓은 것은 바로 무수한 돌멩이 중 하나일 뿐이었던 그것이 '이 돌멩이'가 되는 신비로운 순간이었다.*
>
> *난 한 번도 돌멩이에 감정이입을 한 적은 없었다. 이름을 지어 의인화하거나 자신의 고독을 투영하거나 돌멩이와 나누는 은밀한 대화를 상상한 적은 한 번도 없었다. 근처 길거리에 굴러다니는 무수한 돌멩이 가운데 무작위로*

하나를 골라 손바닥에 올려놓고 얼굴을 가까이 들이밀고 의식을 집중시켜 응시하고 있으면, 점점 별다른 특징도 없는 돌멩이의 형태, 색깔, 무늬, 표면의 모양, 흠집 등이 한껏 선명하게 떠오른다. 그래서 다른 어떤 돌멩이와도 다른, 이 세상에 하나밖에 없는 '이 돌멩이'가 되는 순간이 찾아온다. 그때 이 돌멩이가 세상의 어떤 돌멩이와도 다르다는 사실이 뚜렷해진다. 그 점에 도취해 있었다.

(중략)

내 손바닥에 올려놓은 돌멩이는 그 하나하나가 둘도 없는, 세계에 하나밖에 없는 것이었다. 그리고 세계에는 하나밖에 없는 것이 온 천지 길바닥에 무수하게 굴러다니고 있다.

〈더콤마에이〉의 모든 인터뷰는 저 돌멩이와도 같다. 나는 특별한 삶을 선택한 사람들과 이야기를 나누고, 그들이 보낸 보통의 시간을 불특정다수의 독자들에게 전한다. 우리는 모두 보편적이면서 특별한 존재다. 다르지만 닮았다. 그래서 전혀 모르는 사람의 이야기일지라도 마치 내 이야기처럼 듣고 공감하고 동경하는 것이다. 아무리 비슷한 느낌의 사람들도, 비슷한 환경의 사람들도 직접 들여다보면 아무도 빼앗을 수 없는 고유의 이야기를 품고 있다. 시간이 흐르고 다시 만나보면 그새 또 새로운 이야기들이 쌓여있다. 인터뷰는 그래서 재미있다. 그래서 끝이 없고. 인터뷰어와 인터뷰이, 독자들이 함께 성장하며 나아간다. 각자의 특별하고 보편적인 발걸음으로.

인터뷰는 카페를 닫으면서 당장 할 수 있는 일을 택한 일종의 대안이었다. 작은 카메라와 녹음기, 얇은 노트북 하나만 있으면 됐다. 글과 사진을 좋아하고, 사람 만나기를 즐기고, 한자리에 머무는 걸 못 견디는 나에게 당연하고 자연스러운 길이었는지도 모른다. 하지만 디자이너를 꿈꾸던 때만큼 가슴이 뛰거나 고도의 집중력을 낼 수가 없어서 조금 당황스러웠다. 최선이 아닌 대안을 택했다는 생각도 영 찜찜했다. 한번도 해본 적 없는 방식의 선택이었다. 그래서 더 막연했다.

인터뷰를 시작할 때 가장 큰 두려움은 섭외였다. 〈더콤마에이〉는 그야말로 '듣보잡'이었으니까. 인터뷰이 입장에서 바쁘든 안

wesc

바쁘든 인지도가 '제로'인 매체에 시간을 내준다는 건 그다지 구미가 당기는 일이 아니다. 메일을 쓰고 전송 버튼을 누르는 손가락이 덜덜 떨렸다. 답장이 올 때까지 다리를 달달 떨었다. 그래서 초기에는 지인들의 힘을 많이 빌렸다. 지인들을 직접 인터뷰하거나 지인의 지인을 소개받는 식으로. 그러다 어느 순간 온도가 변했다. 〈더콤마에이〉라는 이름을 들어보진 못했어도, 그동안 쌓아온 인터뷰를 보고 섭외에 응해주는 이들이 늘었다. 〈더콤마에이〉라면 좋을 것 같아요, 라면서. 그 한마디가 어찌나 홍삼스러운지 힘이 불끈. 그리고 나는 더 이상 섭외를 겁내지 않게 됐다. 처진 어깨가 약간 솟았다. 싫다면 당신이 손해지, 라고 생각한다.

한참 뜨거웠던 여름, 흥이 넘치는 인터뷰 기사를 하나 올렸다. 바쁜 일이 산더미만치 쌓인 와중에 짬 내서 쓴 기사였다. 하기 싫은 일들을 제치고 하는 인터뷰는 사막의 오아시스같이 시원하고 흥미롭다. 완성된 기사를 자기 친구들에게 보여준 인터뷰이는 본인이 해온 인터뷰 중 가장 훌륭하다는 얘기를 들었다며, 매거진을 만드는 친구들이 보고 배워야 한다는 말까지 전했다.

그리고 이런 기회를 통해 지난 시간들을 돌아보고 다시금 용기를 얻었다고 고마워했다. 세상에. 그때의 내 기분은 말로 표현할 수 없다. 일억 천금을 받고 기사를 썼다고 해도 같은 희열은 아닐 것이다. (그건 다른 종류의 희열이겠지.)

살면서 가장 큰 성취감을 느끼게 해준 일은 단연 〈더콤마에이〉다. 평생 해본 일 중 가장 끈덕지게 유지해오고 있는 일이기도 하다. '열심히'는 살았어도, 스스로 뭔가 이뤄낸 기분을 느끼기는 어려웠다. 항상 닿을 수 없는 남의 뒤꽁무니만 쫓아다녔다. 하지만 이제는 진짜 나의 길을 가고 있다. 한발 한발 시멘트를 바르고 벽돌을 놓아 길을 만든다. 마음을 좇아 꾸준히 하면 뭐라도 이룰 수 있다는 확신이 생겼다. 자존감은 높으나 자신감은 낮았던 나의 모자란 반쪽이 채워지기 시작했다. 대신 함부로 오만해지지 않도록 조심한다.

처음에는 짧은 시간 안에 뭔가 만들어낼 수 있음이 뿌듯했다. 인터뷰 기사를 쓰는 건 디자인 샘플 하나를 생산하는 과정에 비해 번개 같은 속도로 결과물을 낼 수 있었다. 성격 급한 나에게 딱이었다. 디자이너 친구들이 신기해하는 반응도

즐겼다. 그러니까 인터뷰어가 되었으나 여전히 중심은 '나'였다는 말이다. 다행히 지금은 정신을 차려서 누군가의 이야기를 손수 만들어 줄 수 있다는 것, 그 이야기를 불특정 다수의 사람들과 나누고 따뜻한 목소리를 낼 수 있다는 사실이 기쁘다. 그래도 결국 더 많이 얻는 쪽은 나다. 인터뷰의 모든 과정에서 매번 배우고 감동한다. 좋아하는 걸 좇을 수도 있지만, 좇은 걸 좋아하게 될 수도 있다는 사실을 알게 됐다. 대안은 어느새 최선으로 바뀌어 있었다.

어차피 이름이 아니라 그 안에 뭐가 들었는지의 문제였다고 생각한다. '콤마'와 '에이'가 난무한다면, 그중 가장 나은 콤마와 에이가 되면 될 일이다. 바꾸는 것보다 좋게 만드는 게 더 어려운 법이다. 크거나 화려하진 않지만 이 돌멩이에 확신이 생긴 지금에 와서 이름을 바꿀 생각은 없다. 이름은 크게 한 일이 없다. 내가 비로소 준비되는 날까지 묵묵히 받쳐주고만 있었을 뿐.

결정

결정이란,

어떤 방향으로 가기 위한 화살표에 불과하니까

너무 두려워하지 말자.

결정을 내리기 위해 필요한 건

자신이 세운 기준 같은 게 아니라

어떤 선택을 해도 스스로를 믿어주는 마음이다.

THIS MUST
BE THE
PLACE
STOCKHOLM
GÖTEBORG

개쌍

담백하게 일상적으로,

그리고 마이웨이.

나의 힘

난 원래 물을 잘 못 마셔, 라고 했다. 맑고 투명해 보이는
생수는 어쩐지 플라스틱을 녹여 먹는 맛이 나고,
하루에 한 잔도 마시지 않는 날들이 그렇지 않은 날보다
언제나 더 많았으니까. 물이 얼마나 몸에 필요한
성분인지 귀가 따갑도록 들었지만 나는 불편한 건강보다
익숙한 갈증을 택했다. 하지만 물이 부족한 몸은
점점 푸석해지고 이곳저곳이 무너지기 시작했다.
위기감이 들어 억지로 마시기 시작한 물은 허무하게도
단 며칠 만에 적응해 이제 툭하면 목이 마르다.
상상과 고집으로 키운 두려움에서 도망치다 결국
마주하면 생각보다 별것 아니다. 불가능할 것만 같던
일들이 시작만으로 충분하다.
우리는 생각보다 쉽게 변하고 쉽게 새로워진다.
나는 아직 나의 힘을 모른다.

내 마음에 질문하기

성격 급하고 싫증 잘 내는 내가 3년 반이 넘도록
하는 일이 있다. 매일 한 장의 사진과 짧은 글을
올리는 것. 홈페이지에, 블로그에, 페이스북에,
인스타그램에. 약간 두루뭉술한, 주로 일과
사람에 대한 글이다. 나의 이야기지만 모두의
이야기라고 생각한다. 내가 올린 짧은 이야기는
지나가는 누군가와 타이밍이 잘 맞아 그의 하루를
위로해주기도 하고, 나는 모를 그의 결정에 발을
담그기도 한다. 댓글이나 메시지로 감사 인사를
받을 땐 그래도 뭔가 좋은 일을 하고 있구나 싶어
기뻐한다. 지금의 내가 과거의 나를 만나 응원
받기도 한다. 무엇이 될지 모른 채 온라인에서

부유하던 이 작은 이야기들은 곧 〈내 마음 인터뷰〉라는 이름이 생겼다.

〈내 마음 인터뷰〉를 시작한 건 그야말로 뭐라도 하기 위해서였다. 본격적으로 인터뷰를 시작하기 전이었다. 한마디로 백수. 글을 쓰고 싶었지만 어떤 글을 써야 할지 몰랐다. 문학은 관심이, 아니 자신이 없었다. 블로그나 잡지에 몇 차례 무료로 기고하긴 했지만 뚜렷한 정체성도, 목적도 없었다. 글쓰기 수업도 받아보았지만 강사가 내 인생을 결정해줄 리 없었다. 손에 잡히는 것 없이 방황이 지속됐다. 시간은 많고, 덩달아 생각도 많아졌다. 그것들을 혼자 속으로 삭히기에는 양이 너무 많았다. 체할 것 같은 기분이 들었다. 목구멍을 치고 올라오는 말들을 SNS에 뱉었다. 매 순간 가장 솔직한 나의 조각들이었다.

거기에 지인들의 댓글이 달리기 시작했다. 그 문장들 속엔 나도 있었지만 그들도 있었던 모양이었다. 짧지만 단단한 이야기들이 타임라인 밑으로 밀려 사라지게 두는 게 아까웠다. 나는 시인도, 수필가도 아니었지만 더 많은 사람들이 내 글을 보았으면 했다. 그래서 매일 작은 자리를 마련해주었다. 오늘 그 글이 480개를 넘어간다.

처음에는 말들이 쉴 새 없이 튀어나와서 약간만 다듬어서 무대 위로 내보내면 됐다. 하지만 몇 백 개가 넘어가니 반복되는 내용도 있고, 도통 할 말이 떠오르지 않아 마음을 뒤적여야만 하는 때도 있었다. 보는 사람이야 10초도 안 되는 시간 안에 볼 수 있는 일이지만 나에겐 꼬박 하루, 또는 그 몇 배의 시간에 걸쳐 느낀 것의 진액을 짜내는 것과 같다. 기분이 안 좋거나 바쁜 날에는 무책임하게 멍 때리고 싶지만 조금만 힘을 내어 하루를 돌아본다.

버스를 타고 가다가, 주문한 커피를 기다리다가, 밤에 자려고 자리에 누웠다가, 다른 사람과의 대화 안에서도 내 조각을 찾는다. 힘들게 퇴근한 남편을 달래다가도 그중에 나오는 말을 부리나케 핸드폰에 메모한다. 그렇게라도 하지 않으면 내 마음을 들여다볼 시간이 없다. 엄마에게 괜한 짜증을 내고, 특별한 일이 없는데도 설레고, 열심히 산 하루 끝에 밀려오는 허무에 대한 이유를 알 방법이 없다. 진짜 답은 내 안에만 있다. 하지만 스스로 묻지 않으면 수많은 감정과 행동들은 이유를 모른 채 흘러가버린다. 그런 날들이 너무 많이 쌓이면 진짜 나를 알 기회를 영영

FOR REN
2406

놓쳐버릴지도 모른다.

그래서 아무리 작은 생각이라도 주워 담는다. 한 번의 눈 깜빡임으로 읽어버릴 수 있는 문장 안에 하루가 몽땅 담긴다. 작은 무대라 욕심 내어 너무 많은 얘기를 할 수는 없다. 단편적인 부분만 가까스로 보여준다. 어제와 오늘이 다르다. 그래서 더 변덕스럽거나 극단적으로 들릴 때도 있지만 그게 가장 솔직한 나다. 〈내 마음 인터뷰〉 속의 나는 다분히 이상적인데, 이루었다기보다 지향하는 쪽에 더 가깝다. 내가 되고자 하는 사람은 이런 모습이구나, 하면서 단어들을 정리한다.

그런 사람이 되지 못한다고 해도 괜찮다. 자신을 티끌만큼 더 알게 되었다는 사실이 더 중요하니까. 나를 돌아본다는 건 그리 어려운 일이 아니다. 매일이지만 잠깐만 멈추면 된다. 어렵다기보단 귀찮은 일에 가깝다. 우리는 언제나 바쁘고, 항상 나 자신보다 더 중요한 일들이 쌓여 있으니까. 어쩌면 〈내 마음 인터뷰〉는 일상의 속도를 맞춰주는 과속방지턱이 아닐까. 그 앞에서 잠깐 속도를 점검하고 주변을 둘러볼 필요가 있다 우리는.

작은 처방전

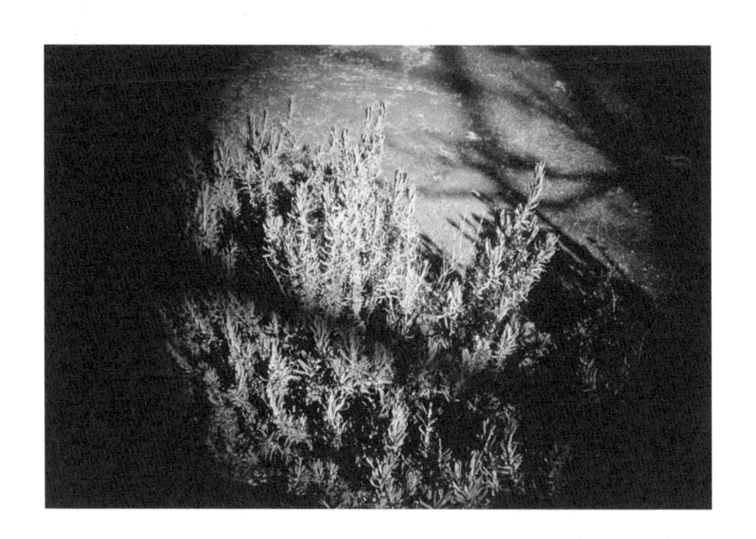

남은 쉴 새 없이 챙기면서 자기 속마음은 잘 안 내비치던 친구가 갑자기 물어왔다. 언니는 항상 밝아 보이는데 우울할 땐 어떻게 해?

사람을 밝음과 어둠으로 나눌 수 있다면 나는 밝은 축에 속한다. 사람들과 있으면 시끄럽고 흥이 넘친다. 하지만 겉으로 보이는 것과 실제로 가진 밝음의 양에는 차이가 있다. 아무리 밝아 보이는 사람도 생각보다 잦은 우울과 무기력에 시달리곤 한다는 얘기다. 가끔 공황장애에 걸릴 것만 같다는 위기감마저 들면 덜컥 겁이 난다. 잘 해결하지는 못해도 알긴 알거든. 아, 나 지금 위험하다.

스트레스 해소법을 잘 알고 있다고 생각했는데, 막상 자신 있게 대답할 수가 없다. 너무 평범해서 이런 대답이 의미가 있을까 싶다. 굳이 말하자면 잘 운다. 툭하면 운다. 누가 울고 있으면 이유를 몰라도 덩달아 눈물이 난다. 가만히 소파에 앉아 슬픈 상상을 하다가 울 때도 있다. 영화나 책은 말할 것도 없고, 남편과 싸울 때면 울 타이밍이 아닌데 눈물이 나서 얼떨결에 이기기도 한다. 절대 일부러 우는 게 아니다. 몸을 움직이면 땀이 나듯, 마음을 건드리면 눈물이 난다. 마음의 독소가 눈물로 빠져나간다. 아무도 없는 집에서 소리 내어 엉엉 울고 벌겋게 퉁퉁 부은 얼굴을 보면, 바뀐 건 하나도 없는데 기분이 한결 낫다. 문제를 해결할 능력이 생긴 것은 아니지만 약간의 의지가 피어난다. 그래서 난 우는 걸 좋아한다. (사람들도 조금 더 울었으면, 특히 남자들이 더 잘 울었으면 좋겠다.)

우는 것보다 기분 좋은 방법은 운동이다. 스트레스가 심할수록 힘이 솟는다. 마치 분노가 근력으로 전환되는 것 같다. 복근이 찢어질 것 같고 허벅지가 터질 것 같은, 숨이 턱까지 차오르는 동안 머릿속은 하얘진다. 그 순간 중요한 건 근육의

수축과 팽창, 등과 가슴을 타고 땀이 흐르는 느낌, 내 몸 구석구석이 존재하고 살아있다는 걸 느끼는 것뿐이다. 격한 운동 끝의 정신은 지방이 약간이라도 빠져나간 것처럼 가볍다. 엔도르핀이 솟은 나는 괜히 버거킹에 들러 와퍼 세트를 사 들고 걸어서 집에 간다.

사람을 만나는 건 그때그때 다르다. 누구라도 만나야 할 것 같은 날에는 아무리 컨디션이 안 좋아도 깨끗이 샤워를 하고 예쁜 옷을 챙겨 입고 집을 나선다. 친구와 수다 떠는 동안에는 내 인생도 잠시 정지된 것 같다. 반면 철저하게 혼자 있고 싶을 때는 아무도 만나지 않는 게 좋다. 막무가내로 타인에게 짜증을 쏟아낼 나이는 지났으니까.

그중 절대 실패하지 않는 방법이 하나 있는데, 바로 남편의 귀가다. 우울하고 무기력한 날일수록 나는 남편의 퇴근을 간절히 기다린다. 현관문 번호 키가 눌리는 소리가 들리면 강아지 마냥 가슴이 뛴다. 남편이 신발을 다 벗기도 전에 입에서 말이 튀어나간다. 종일 업무에 시달렸을 그가 혼자만의 시간이 필요하다는 것도 알지만, 종일 혼자 일하는 나에게는 두 사람의 시간이 필요하다. 남편은 내가 듣고 싶은 말을 귀신같이 알고 진심처럼 얘기해준다. 근거 없지만 듣고 싶은 대답을 들은 나는 기분이 해롱해롱 좋아져서 떼쓰다 웃는 아기처럼 잠자리에 드는 것이다.

이렇게 지극히 평범하고 일상적인 도움이 있어서 나는 버틴다. 가장 무겁고 어두운 우울에서 나를 꺼내주는 건 한없이 작은 순간들이었다. 갑자기 짐을 싸서 비행기에 올라타야 하는 게 아니다. 여행을 떠나면 해결될 줄 알았던 문제들은 당연히 그 자리에 남아있었고, 돌아와서 마주하는 현실은 더 크게 느껴졌다. 하지만 처음부터 방법을 알 리 없다. 그래서 도망도 쳐보고, 돈도 왕창 써보고, 남들이 하는 것도 따라 해본다. 그러다 보면 조금씩 알게 된다. 겉으로 보이는 모습 뒤에 숨겨진 진짜 감정이 무엇인지, 그 감정이 지금 원하는 해소법은 무엇인지.

지금은 틀려도 괜찮다. 자신을 오해해도 괜찮다. 내가 나를 다루는 데는 시간이 걸린다.

THE BEEF

THE
OYSTER
SOUP

만족

나는 대리만족을 잘 이해하지 못한다.

직접 느끼지 않으면 만족은 없는 것이다.

슬픔도, 아픔도, 희열도, 사랑도.

강함

더 강하고, 더 영리하기를 원하는 세상 안에서

그저 연약하고 상처받기 쉬운 나를 발견한다.

강하다는 건,

세상에 맞춰 영악해지는 게 아니라

약한 나를 인정하고 그 모습 그대로 단단해지는 것이다.

그러면 아무도 부술 수 없는 내가 된다.

모순

남을 흠모하면서 다르고 싶다니,

될 리가 없다.

네 떡이 더 커 보여서

밝히고 싶지 않았던 큰 단점을 갖고 있다.
바로 질투심. 연인 사이의 질투라기보다는
승부욕에 가깝다. 이건 무슨 바이러스 같아서,
그냥 내버려두면 겉잡을 수 없이 번져 나를
잠식해버린다. 따져 보면 그렇게 유별난 감정은
아닌 것도 같다. 누구나 질투는 조금씩 하고 살지
않나? 누군가 자신은 전혀 그렇지 않다고 한다면
나는 그가 진심으로 부럽다. 타인의 행복을 온전히
축하해줄 수 있는 그 태평양 같은 마음이. 나도
그런 사람이었으면 좋겠지만 그렇지 못하기에
이렇게 고해 중이다. 변명을 해도 괜찮다면,
내 안에는 여유가 없다. 이룬 것보다 이루지 못한

SURFTECH

것이 더 많고, 스스로가 못미더운 와중에 남의 성공을 내 일처럼 기뻐하지 못한다. 그럴 수 있다면 타고난 대인배거나 자기기만일지도 모른다고 생각한다. 물론 무턱대고 아무나 질투하는 건 아니다. 내가 속한 곳에서 더, 더, 더 잘하고 싶을 뿐이다.

승부욕은 타고나는 것 같다. 어릴 때부터 혼자 하는 운동보다 팀을 나눠 승부를 가르는 경기가 재미있었다. 친구는 그런 경기는 스트레스 받는다고, 혼자 하는 줄넘기가 더 좋다고 했다. 자기 자신을 뛰어넘을 때 기분이 좋다면서. 멋져 보였다. 승부에 집착하는 나는 조금 못났지만, 끝내 이겼을 때 터지는 희열이 좋다. 희열이란 감정은 중독성이 강하다. 그래서 더 자주, 더 세게 느끼고 싶다.

평소에도 경쟁은 계속된다. 필라테스 수업 때 스프링 무게를 줄이라고 하면 속상하고, 남들보다 다리가 덜 찢어져도 속상하다. 타고난 신체 구조 때문이라고 선생님이 설명해줘도, 옆 사람들은 다 배가 땅에 닿도록 엎드리는데 나만 허공에서 허우적대고 있으면 바보 머저리가 된 것 같은 기분이 든다. 내 몸 건강하면 됐지 옆자리 아줌마의 골반까지 신경 쓰는 건 멍청하지만 그렇다고 명백한 감정을 부정할 수는 없다. 활활 타오르는 승부욕과 질투심에 찬물을 끼얹을 수도, 속이 홀랑 다 타버리게 내버려둘 수도 없다. 그래서 잠깐 잠을 청하고, 산책을 하고, 두 손 모아 기도한다. 감사할 일들을 떠올리며 잠시 욕망에 찌그러진 마음을 펴본다. 외딴 섬으로 빠져 나와 내 작은 세상을 되찾는다. 비교할 게 사라지면 나는 그냥 내가 된다.

부러운 일이 있으면 대놓고 부럽다고 말하는 친구가 있다. 신기했다. '부럽다'라는 말은 자기가 갖지 못한 걸 드러내는 말이니까. 나는 부럽다는 말을 잘 못한다. 질투하고 있다는 걸 스스로 인정하기가 싫다. 하지만 그 친구는 '부럽다'라는 시원한 말 한마디로 뭔가를 해소하는 듯했다. 놀랄 정도로 솔직하게 부러움을 드러내면 상대방은 반대로 그 친구가 가진 것을 찾아 같이 부러워해 주었다. 그러면 서로 부러워하면서도 자기가 무엇을 가졌는지 다시 확인할 수 있었다.

하나가 있으면 하나가 없다. 인생은 조금만 떨어져서 보면 웃기게도 고만고만하다. 그것도 그나마 겉으로 보이는 부분에서 그렇다. 속에 담긴 것의 대부분은 아마 드러나지 않을 것이다. 그렇기에 우리는 타인의 삶에 대해 전혀 모르고, 따라서 질투할 일도 사실은 훨씬 적을 것이다. 결국 타인을 부러워하는 것은 알사탕을 물고 있으면서 옆집 아이가 먹고 있는 막대사탕을 보며 떼쓰는 격이 아닐까? 무슨 맛인지도 모르면서. 하지만 둘 다 먹으면 배탈이 나고 만다. 나는 이제 옆집 아이와 사탕을 바꾸고 싶다고, 그 사탕마저 내 것이었으면 좋겠다는 생각을 그만두기로 했다. 아무리 궁금하고 부러워도 지금 내 입에 든 사탕이 가장 달콤하거든.

부러우면 대놓고 부러워하고
걱정되면 끝까지 걱정하고,
슬프면 울고 기쁘면 웃기로 한다.
눈치 보는 감정은 잠재워지기보다 몰래 커지기만 할 테니까.

가난한 부자

돈이란 뭘까. 《단편적인 것의 사회학》을 쓴 기시 마사히코는 어떤 블로그에서 이런 질문을 보았다고 했다. '돈보다 중요한 게 뭐가 있을까요?' 그리고 누군가 댓글에 '돈보다 중요한 게 없으면 돈으로 아무것도 살 수 없겠죠' 라고 남겼다고 했다.
맞는 말이다. 돈은 다른 것을 얻기 위한 수단에 불과할 뿐, 그 자체만으로는 무엇도 되지 못한다. 하지만 그렇기에 더욱 돈 없이 살 수 없다. 가진 것에 만족하든가, 아니면 더 갖기 위해 인내하는 수밖에. 돈은 자유를 줄 것처럼 보이지만 갖가지 족쇄를 채운다. 돈은 꿈에 더 가까이 데려다주기도 하지만, 돈 때문에 꿈을 묻어두게 만들기도 한다.

운 좋게도 돈이 나에게 치명적인 문제가 된 적은 별로 없었다. 갖고 싶은 걸 다 갖거나 하고 싶은 걸 다 할 정도는 아니었어도 저축을 하거나 도움을 받으면 웬만한 것은 해결이 됐다. 대체적으로 나보다는 아빠나 남편이 벌었다. 옛날식으로 팔자가 좋다면 좋은 것이다. 사주를 보면 줄곧 재물운이 있다고 했다. 관상을 보면 귀가 부처님처럼 커다랗지는 않아도 코 끝은 둥근 것이 없이 살지는 않을 거라고 해서, 괜히 그 말들을 한 번 믿어보고 싶게 했다. 그렇다고 내가 마냥 노는 것은 아니다. 업무량만큼은 아빠나 남편 못지 않다. 단지 그것에 상응하는 만큼의 재산으로 연결시키지 못할 뿐이다. 지금만 해도 대략 다섯 가지의 일을 하고 있지만, 고정적인 수입을 가져다 주는 건 한 가지에 불과하다. 하고 싶은 것만 하려고 하니 그렇다. 나는 어린애같이 그런 일 안에서만 인내심과 책임감을 가진다.

아빠는 매사에 인내심과 책임감이 강했다. 평생 한 직장에서 꽤 높은 자리에까지 오르면서 집도 사고, 차도 사고, 네 식구가 부족함 못 느끼고 살 수 있도록 열심히 일했다. 스페인어를 전공하고 외환은행에 취직한 아빠 덕에 우리는 낯선 나라에 살면서 해외여행도 줄곧 다녔다. 아빠는 보수적이었지만 딸을 사랑하고 지지해줬다. 내가 하는 일을 다 이해하지는 못했어도 공부하고 싶다고 하면 학비를 보태줬고, 비상식적인 금액의 해외 전시 비용도 지원해주었다. 배가 고프다고 하면 고기를 사 먹였고, 춥다고 하면 옷을 사 입혔다. 퇴직 후에 아빠는 프리랜서가 됐다. 직원들을 관리하던 임원에서 관광객들을 인솔하는 여행 가이드가 된 것이다. 아빠는 직업은 바뀌었어도 여전히 일할 수 있다는 사실에 기뻐했다. 혼자 여행을 떠나보지 못했던 아빠는 이제서야 일로 여행을 다닌다. 그렇게 번 돈을 모아 이번 학기에도 대학원 등록금을 보태주며 딸내미 공부시켜줄 수 있어서 행복하다고 말했다. 아빠에게 죄송한 만큼 내 자신이 한심해지지만 아빠의 말을 그대로 믿기로 결정한다. 자존심과 도리를 내세우기에는 달리 방도가 있는 것도 아니라서.

남편은 아빠와 닮았다. 매사에 인내심과 책임감이 강하다. 나와 결혼하고 나서는 조금 더 강화된 것 같다고 농담 투로 진심을 말한다. 남편의 수입은 두 명이 마음껏 살기엔 빠듯하다. 꽃등심을

먹고 싶지만 삼겹살을 굽는다. 하와이 여행을 가고 싶지만 제주도로 만족한다. 그러나 남편은 가끔 있는 내 일을 위해서는 과감하게 썼다. 연희동에 카페를 열겠다고 하니 청약 통장을 해지했다. 친구들과 함께 독립출판물을 냈을 때는 창간식 비용을 지원해주었다. 역시 미안하지만 일단은 모른 척하기로 한다.

하지만 이런 것마저도 아끼고 아껴서 가능한 일이었다. 부족함 없이 자란 것과 달리 어느새 절약이 몸에 배어버렸다. 친구들이 한남동에서 만나자고 하면 밥값부터 걱정된다. 열 살이나 어린 친구를 만나도 속 시원하게 술을 살 수가 없다. 백화점은커녕 쇼핑 자체를 안 한 지 오래다. 저렴한 로드숍 화장품도 세일을 기다린다. 속옷은 다 늘어났는데 조금만, 조금만 더 입자고 버텨본다. 화장실에서 바지를 벗다 헐거운 팬티가 같이 벗겨진 적도 있다. 너무 아낀 달에는 카드 명세서를 보고 뿌듯하기보다 처량해졌다.

남들처럼 취직을 한다든지 하는, 안정적인 생활을 택한다면 이런 문제는 나아질 것이다. 같은 금액이어도 남편이 준 용돈을 쓰는 것과 내가 번 돈을 쓰는 것은 전혀 다르다. 그러나 나는

항상 돈 말고 다른 것을 택했다. 아빠와 남편의
지원 덕이겠으나 꿈꾸는 삶이 가능하다는 걸
알아버렸다. 꿈을 맛본 나는 철들고 싶지 않아진다.
김밥으로 연명하고 일이 산더미처럼 쌓여도,
좋아하는 일이라면 어떻게든 버틴다.
한 치 앞을 알 수 없고 가진 것 없이도 행복하다.
그럼에도 불구하고 돈은 사람을 쉽게 뒤흔든다.
열정에 도취되었다가도 돈 때문에 한순간에
회의감에 휩싸인다. 자존감은 경제력에 비례하는
것만 같아 괴롭다. 하지만 겪어보지 않았어도
분명히 알 수 있는 사실은, 두둑한 통장이
평화로운 마음과 삶을 보장해주진 않는다는
것이다.

난 부자가 되고 싶은 것은 아니다. 백화점
1층에서 발렛 주차해주는 고급 자동차를 타거나,
한강 야경이 훤히 보이는 넓은 아파트에 살거나,
신상 명품으로 몸을 치장하고 싶은 게 아니다.
그것보다는 앞으로의 날들이 보호받을 수 있다는
확신과, 30대 중반에 꿈에 빠지는 게 철없고
멍청한 짓이 아니라는 자신감을 원한다. 조금
더 과감하고 소신 있게 꿈꾸길 원한다. 돈 버는
재능은 없지만 자책하지 않는다. 나는 돈을 많이

버는 대신 잘 할 수 있는 일, 좋아하는 일을 열심히 하며 산다. 큰돈은 못 벌어도 통장이 완전히 메마르도록 두진 않는다. 나름의 책임감이다. 신기하게도 아슬아슬해질 즈음 꼭 필요한 만큼의 일이 들어왔다. 그러므로 불안해도 내 삶의 패턴을 믿는다. 그리고 언젠가는 이 노력이 빛을 발하게 될 거라는 것도.

Bankomat

AGNOLIA

멋있는 거랑 멋있어 보이는 거

30대 중반의 여름, 방학을 맞이했다.
어느 날 홀린 듯이 다시 학생이 되어버렸다. 그것도
자그마치 박사 과정. 하지만 입학 직전까지도,
심지어 다니는 동안에도 학교 얘기는 먼저 꺼낸
적이 없다. 어쩌다 누가 물어보면 대충 얼버무린다.
조금 구체적으로 얘기하면 일단 신기해하고,
진심이든 아니든 '와, 멋지다'라고 반응한다.
졸업은 까마득한데 벌써부터 박사님이라고 부르고
싶어한다. '자그마치'라는 단어에 '멋짐'이 들어
있을지도 모르겠다. 하지만 그런 것보다는 내가
굳이, 감히, 왜, 박사 과정까지 했어야 했나 하는
느낌이 더 크다.

내 계획에 두 번째 대학원 따위는 없었다. 그런데 시간강사로 강의를 나가며 생계를 유지하던 중 정신차려 보니 어느새 벼랑 끝이었고, 그 앞에서 나는 선배의 조언에 솔깃해졌다. 급하게 준비한 원서는 다행히 한 번에 팡파레를 울렸다. 솔직히 말하자면 진득하거나 꼼꼼하지 못한 나에게 연구는 맞지 않는다. 어리석은 나는 박사 학위를 무슨 취업 스펙 정도로 생각했다. 이렇게 좋아하는 일만 하며 살 수는 없다고, 이젠 철이 좀 들어야겠다 싶었다. 그래서 정년이 보장된 직업을 상상하며 한 선택이었다. 지금 와서 생각해보면 그보다 더 철없는 선택도 없지 않았나 싶다.

이상을 덮어두고 택한 현실은 예상보다 더 암담했다. 왕복 3시간이 넘는 통학과 끊이지 않는 과제와 논문, 처음 접하는 형태의 자료와 오랜만에 적응해야 하는 공부는 결코 쉬운 일이 아니었다. 늦은 나이에 다시 달게 된 학생 딱지는 처절하고 불안하고 답답한 시간을 더해주었다. 해본 적 없지만 공무원 시험을 준비하는 기분이 들기도 했다. 하지만 진짜로 힘든 건 시간과 돈을 들여 결국 따야 할 학위의 무게와, 그에 얹혀오는 가족의 기대, 그리고 오히려 더 좁아진 길이었다.

이 모든 걸 어깨에 짊어진 채 다니는 학교는 전혀
멋지지 않았다. 그래서 멋지다는 말을 들을 때마다
스스로 거짓말을 하고 있는 듯한 불편함이 고개를
들었다. 그러면서도 무언가를 배운다는 건 여전히
기분 좋고, 배우면 배울수록 부족하다는 자괴감과,
그래도 노력하고 있다는 자부심을 동시에 느끼며
다 읽지도 못할 논문 파일을 다운로드 받는다.

그리고 방학이 시작되면, 잠시 제쳐두었던
〈더콤마에이〉를 꺼낸다. 먼지를 털고 광을 낸다.
한 학기 동안 쉬었다는 사실이 무색할 정도로 빨리
제자리를 찾는다. 일이 이렇게 재미있을 수가 없다.
방학 동안 아무리 열심히 해보았자 인터뷰는 네 개
정도에 그친다. 하지만 기어코 끈을 놓지 않았다는
사실이 다음을 기대할 수 있게 해준다. 그래서
더 즐겁고, 그립고, 소중해진다. 너무 빨리 다가오는
개강에 쫓겨 두 달 가량을 애지중지하며 쓴다.
그리고 9월 1일이 되면 산문이 아닌 논문을 읽는
학생으로 돌아간다. 무엇이 본업인지 헷갈리기
시작했다. 내 자아는 둘로 쪼개지고, 진짜 가야
할 길을 모르는 채로 양손에 욕심을 움켜쥐고
우왕좌왕한다. 어디에서 왔고 어디로 가는지
상관없이 완전히 중간에 껴버렸다.

시작과 끝 사이에는 유지라는 과정이 있다. 가장 많은 부분을 차지하는 이 시간은 아무도 축하해주지도, 알아봐주지도 않는다. 한 번에 될 리 만무하고, 얼마나 걸릴지도 모른다. 버티는 게 제일 어렵다. 하지만 시작과 끝만 가지고서는 아무것도 될 수 없다. 무너져가는 의지를 부둥켜안고, 약간은 어쩔 수 없이 하루 뒤에 하루를 쌓는다. 그러니까 〈더콤마에이〉나 박사 과정이 딱히 멋진 일은 아니지만, 좋아하는 일이든 현실적인 일이든 버텨내고 있는 나는 조금 멋진 것 같다.

지금의 나는 나를 유지 중이다.

시작과 끝이라는 화려한 순간 사이에는
'유지'라는 무겁고 더디고 아무도 알아주지 않지만,
아무나 버텨낼 수 없는 시간이 숨어 있다.

산다는 것에는 시작과 끝이 아닌 단 하나의 이어짐이 있다.
우리는 아직 한 번도 실패한 적이 없다.

계획

계획은 오늘, 내년, 10년 뒤에
무엇을 할까 고민하는 게 아니라
나의 태도와 마음을 정하는 일이다.

달란트

신은 나를 만들 때 눈치를 너무 많이 넣었다.

예민이라든지 민감이라든지 하는 것들도.

귀도 잘 안 들리고 눈도 나쁜데 왜 굳이 촉만 좋게 말야.

덕분에 엄청 피곤하긴 하지만 괜찮다.

잘 활용하면 달란트가 되기도 할 테니까.

나는 나의 가장 미숙하고 취약한 부분까지도

좋아하기로 결정한다.

이다지도 비장한 이유는,

저절로 될 리 만무하기 때문에.

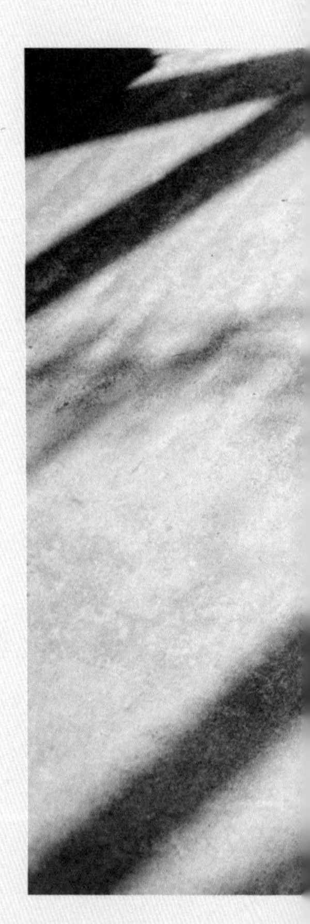

틈

나는 누군가 내게 허당이라고 하면 좋아한다.

잘하려고만 발버둥치는 나의 틈을 발견해준 것 같아서.

그래도 충분히 예쁘다고 말해주는 것 같아서.

9–17
sdag 0–6

꼬맹이

주변에 끊임없이 축하할 일이 생긴다는 건

분명히 감사한 일이지만,

가끔은 나도 축하를 받고 싶어지는 건 어린 욕심일까.

내 안에는 아직도 다섯 살 꼬마가 산다.

THE IDEAL CITIZEN

꾹꾹 눌러 담아봤자

단발머리는 보기보다 손이 많이 간다. 샴푸와 트리트먼트로 머리를 감은 후 수건으로 돌돌 말고, 어느 정도 물기가 빠지면 크림 에센스를 골고루 바른다. 에센스가 남은 손가락으로 옆가르마를 탄다. 제대로 하지 않으면 긴 쪽의 머리카락이 넘어오니까 신중하게. 드라이기의 뜨거운 바람으로 가르마를 안정시키고, 납작해지지 않게 탈탈 털어서 안쪽부터 말린다. 겉의 머리는 너무 뻗치지 않게 속으로 말아준다. 손으로 해도 되고 커다란 빗을 사용해도 좋다. 거의 다 말랐다 싶으면 이번에는 스프레이형 에센스를 뿌린다. 너무 많이 뿌리면 다시 감은 머리처럼 젖어버리니까 적당히.

귀 뒤로 머리카락을 넘기고, 혹시 삐죽 튀어나온 가닥들이 있다면 가위로 다듬는다. 이렇게 매일 똑같은 헤어 제품으로 똑같이 드라이를 하는데, 어떤 날은 한쪽으로 나란히 뻗치고, 어떤 날은 길이가 들쑥날쑥이고, 어떤 날은 유난히 푸석하다. 결혼식이라든가 중요한 약속이 있는 날이면 유독 마음에 들지 않는다. 다시 머리를 감아 처음으로 되돌릴 수도 없다. 그런다 한들 만족할 거란 보장도 없고.

이상한 건, 머리를 질끈 묶은 채로 운동을 다녀온 뒤 소파에 누워 텔레비전을 보다가 양치질하러 화장실에 들어섰을 때 거울에 비친 머리가 제일 예뻐 보인다는 거다. 줄곧 그랬다. 심혈을 기울여 화장을 하면 짝짝이 눈썹이 그려졌다. 꼭 타야 하는 버스는 간발의 차로 놓쳐서 10분을 더 기다려야 했다. 안 타도 되는 날에는 재깍 도착하면서. 고대하며 만든 사진 엽서는 몇 장 못 팔았고, 아무도 안 살까 봐 극소량으로 제작한 꽃 에세이만 자꾸 재입고 문의가 들어왔다.

마음을 비워야 한다. 모르지 않았다. 하지만 나는 항상 긴장했고 몸에는 힘이 가득 들어갔다. 손에 쥔 달걀은 매번 주먹 속에서 깨졌다. 나는

인생을 꽉 쥐고 놓아주지 않았다. 그러니 삶은
어디에도 가지 못하고 내 안을 서성이기만 했다.

비움은 채움보다 어렵다. 채우기 위해서는
일단 열심히, 많이, 무리하면 된다. 그리고 혼자
만족스러워 하면 그만이다. 욕심을 이기지 못해
하는 자위 같다. 하지만 비우기 위해서는 눈 앞에
보이는 기회를 놓을 수 있어야 하고, '아무것도 하지
않음'에서도 피어나는 것이 있다는 사실을 알아야
한다. 당장은 안일하거나 게을러 보일 수도 있지만,
결국 채우기 위해서는 먼저 비워야 한다. 더 이상
들어갈 공간이 없는데 무슨 수로 채우느냐고.

올 한 해 동안만 해도 수많은 일들이
내 앞에서 간을 보고 스쳐갔다. 새로 시작하는
인테리어 방송의 웹 편집장 자리를 제안 받았다.
하지만 갓 다니기 시작한 학교를 놓을 수는 없었다.
유명 잡지사에서 에디터를 찾는다고 했다. 가벼운
미팅인 줄 알고 유유히 걸어 들어갔는데 알고
보니 정직원 면접 자리였다. 역시나 풀타임으로는
취직할 수 없는 상태였다. 대기업에서 인터뷰
콘텐츠를 의뢰하고 싶다고 했다. 언니 같은
담당자와의 미팅은 유쾌했고, 타당하다고 생각되는
견적서를 보냈는데 그 뒤 그녀는 잠적해버렸다.

나라에서 지원해주는 연구비를 받기 위해 밤낮, 주중과 주말 구분 없이 서류를 준비했다. 다행인지 불행인지 1차에서 떨어져서 그 후를 신경 쓸 필요가 없어졌다. 인생 절호의 기회라고 생각되는 일을 맡기 위해 3개월의 고행을 견뎠지만 면접까지 가서야 서로가 서로를 원하지 않음을 알게 됐다. 매번 기회라고 생각했고, 아마 할 수만 있었으면 모두 끌어안았을 것이다. 난 어쩔 수 없이 그렇다. 무리하는 것이 괜찮다고 생각한다. 시간과 시간 사이를 몽땅 메워야만 직성이 풀린다. 하지만 삶은 그것을 허락하지 않았다.

너무 많은 일들이 연달아 무산된 뒤에는 노력조차 무의미해졌다. 안달 낸다고 해서 안 될 일이 될 리 없다. 조금씩 힘이 빠지기 시작했다. 저울질하게 되는 일들은 붙잡을 필요가 없었고, 꼭 나여야만 하는 일이 아니면 알아서 멀어져 갔다. 나를 하찮게 여기는 곳에선 일하지 않기로 했다. 마침내 모든 일들이 내 손을 떠났다. 좋은 경험했다고 하기엔 남은 것 없이 지쳤다.

그런데 얼마 지나지 않아 마치 새로운 챕터를 여는 듯한 일들이 시작됐다. 오래 전부터 남겨 온 흔적이 비로소 인정받는 것 같은 일들이. 가차없이 나를 떠나간 기회들이 고마워졌다. 두들겨 맞아 움푹 패인 자리에는 다른 것이 들어올 빈틈이 드러나 있었다. 땅에 닿는 순간 깨져버릴 유리공을 떨어뜨렸다고 생각했는데, 떨어지던 힘으로 다시 튀어 오르는 얌체공이었다. 그렇다고 마냥 기뻐하지 않는다. 이것 또한 하나의 시작이고, 어디로 튈지 모르니까. 그래도 이제는 온몸 가득 힘을 주지 않는다. 당장 원하는 대로 되지 않아도 괜찮다. 기다리면 더 나은 것이 온다.

인간의 손은 두 개뿐이라,
이미 무언가를 쥔 손으로 다른 것을 쥐려면
쥐고 있던 것을 놓거나 놓쳐야 한다.
아주 잠깐 서너 가지를 쥘 수 있게 되었다 하더라도,
곧 놓거나 놓치게 될 것이다.

영락없이 칠월이 되었다.
일년이 절반으로 꺾이는 날,
기회와 선택이 서로 스치고 지나가기 좋은 날이다.

18

약속 시간

독사. 새로 생긴 별명이다. '독일 사람'을 줄인 말이란다. 약속 시간 조금 잘 지킨다고 그렇게 드센 꼬리표라니.

내가 생각해도 난 약속 시간을 잘 지킨다. 그것도 정확하게 정각에 도착할 때가 많다. 화장을 하고 옷을 고르다가도 출발 시간이 다가오면 어김없이 대중교통 앱을 켠다. 집 앞 정류장에 버스가 도착하는 시간이 초 단위로 줄어들고, 덕분에 나는 버스를 놓칠 일도, 땡볕에 서서 기다릴 필요도 없이 정확한 타이밍에 집을 나설 수 있다. 휴대폰이 없던 중학교 시절에는 약속 시간 5분 전에 나가 있곤 했다. 그러면 적어도 서로 연락할 방법이 없는 우리가 엇갈리지는 않을까 걱정할 이유 하나가 없어졌다.

이런 습관에는 엄마의 영향이 컸다. 엄마는 대중교통 앱을 쓰지도 않으면서 지하철과 초와 분을 겨룬다. 어쩌다 코앞에서 버스를 놓치면 큰일이라도 난 듯 전화가 와서 늦을 것 같다고 발을 동동 구른다. 엄마 괜찮아, 조금 기다리면 돼, 해도 어차피 엄마는 늦을 거여서 이미 속상해 한다. 이상하게 어릴 적부터 그랬다. 내 시간은 버릴지언정 남의 시간은 함부로 쓰면 안 됐다. 특히 차로 데리러 오는 경우에는 무조건 사람이 먼저 나가 있어야 하는 거라고 신신당부했다. 틀린 말은 아니다. 어떤 길목이든 자동차가 비상등을 켜고 막연히 서있는 건 그다지 바람직한 일이 아니니까. 어쩌다 차가 먼저 도착해 있는 걸 발견하면 나는 몸이 자동으로 달리기 시작하고 엄마가 잔소리하기 일보 직전의 얼굴이 떠오른다.

그런데 사실 나는, 기다리는 사람에 대한 염려보다 스스로 받는 스트레스가 더 싫다. 늦으면 모든 시간이 불안해진다. 버스가 빨간 신호에 걸리면 짜증이 나고, 지하철 문이 닫힐 때 누군가가 뛰어들어 문이 다시 열리기라도 하면 또 짜증이 솟는다. 유유히 자기 갈 길 가는 사람들마저 내 급한 발걸음을 가로막는 것 같아 답답하다. 한 시간이 넘는 이동시간 내내 느껴지는 조급함이 싫다. 버스기사님이 저 뒤에서 뛰어오는 사람을 기다리지 않았으면 하는 그 마음이 싫다. 에스컬레이터 좌측 라인에 서서 가는 사람들이 괜히 미워지는 그 마음이 싫다. 시간이 촉박한 나는 미운 사람이 된다.

10분만 일찍 나와도 한결 여유롭다. 버스가 계속 빨간 신호에 걸려도 괜찮고 지하철을 코앞에서 놓쳐 7분을 더 기다려야 하더라도 괜찮다. 다음 열차를 타도 3분이나 남는다. 누가 내 앞에서 천천히 계단을 올라도, 닫히는 문을 다시 열리게 만들어도 괜찮다. 일진이 좋은 사람이군, 이라고 생각한다. 당산역을 지날 땐 창밖으로 스쳐가는 한강을 구경하고, 합정역에서 우르르 타고 내리는 사람들도 멍하니 바라본다.

오늘은 차를 끌고 나왔다. 10분의 여유가 있는 나는 이리저리 차선을 바꿀 필요도, 갑자기 끼어드는 차를 욕할 이유도 없다. 초보운전자를 답답해 하지 않아도 된다. 라디오에서 흘러나오는 노래를 함께 흥얼거리고 적당한 속도를 유지하며

달린다.
먹색의 필름을 붙인 유리가 미처 막아주지 못한
뜨거운 여름의 햇빛조차 괜찮다.

약속 시간만의 이야기가 아니다. 사는 게
그렇다. 늦었다고 생각하니 초조하고 짜증이 난다.
내 앞에 누가 끼어드는 것도 싫고, 다른 사람 때문에
속도가 떨어지는 것도 싫어진다. 몇 번 연달아
신호에 걸리면 흐름을 잘못 탄 것 같아 좌절한다.
하지만 인생에 약속 시간 같은 건 없다. 누구도
나에게 몇 시까지 어디에 도착하라고 말한 적이
없다. 내 차선을 지키고 노래를 흥얼거리며 중간에
다른 사람들을 태워 가도 좋은 시간에 도착할 수
있다. 나는 늦지 않았다.

나이 드는 시간

나이 든 사람들이 부럽다.

빈 그릇처럼 주어진 삶을 백발이 되도록

그득 채울 수 있다는 건 멋진 일이다.

작은 글씨는 잘 안 보이지만

세상만사를 멀리서 볼 수 있는

눈을 가졌다는 것도.

나이 듦은 재빠르면서도 까마득하다.

지나간 생은 너무나 유한하고

남은 생은 너무나 무한하다.

기다림

기다린다는 것은 도전만큼의
용기와 자신감이 필요한 일이다.
얼음이 녹고 나서야
비로소 물은 흐르기 시작한다.

다름의 모순

머리카락이 허리춤에 미처 못 닿은 정도로 길던 때가 있었다. 미용실이 귀했던 유학 시절부터 자라나는 머리카락을 내버려두었다. 새벽에 갑자기 일어나 사무용 가위로 듬성듬성 잘라낸 적도 있었지만, 머리를 기르는 것이야말로 세상에서 제일 쉬운 일이라고 생각했다. 느리든 빠르든 알아서 원상 복구되는 게 머리카락 말고 또 뭐가 있어? 어쩌다 실수하더라도 머리카락은 다시 자랐고, 그러면 완전히 새로운 스타일을 마음껏 상상해볼 수 있었다.

결혼식을 올리기 직전에 불어터진 라면 같은 펌을 했다. 아주 길고, 아주 보글보글했다.

예비신부니까 그렇게 했다. 괜히 그런 식이었다 나는. 괜스레 남들이 하지 않는 짓을 찾아서 했다. 한동안 긴 머리칼을 휘날리며 신이 났다. 그런데 언제부턴가 길거리에 머리 긴 사람들만 수두룩했다. 긴 생머리, 긴 웨이브 머리, 긴 탈색 머리, 긴 붙임 머리. 그래서 이번엔 자르기로 했다. 아주 짧게.

미용실 원장님이 노란 고무줄로 머리를 묶었다. 그 위에 커다란 가위를 걸치고는 자를게요, 자릅니다, 진짜 잘라요, 라고 누구를 향해 하는 말인지 모를 다짐을 뱉었다. 단발이 아닌 쇼트커트여야 했다. 이왕 자를 거라면 다 잘라내고 싶었다. 애매한 쾌감은 애매한 아쉬움도 함께 남기니까. 3년 동안 큰 시련 없이 자라던 머리카락은 순식간에 부분 가발 같은 모양으로 눈 앞에서 흔들렸다. 사진을 페이스북에 올렸더니 반응은 가히 폭발적이었다. 잘려나간 머리카락의 길이만큼 과감하고 흥미로운 사람이 된 것 같아 으쓱했다. 한편으로는 줄줄이 달리는 댓글을 위해 머리를 자르기라도 한 것 같은 기분이 들었다.

갑자기 짧아진 머리는 바로 길들여지지 않았다. 어떤 헤어 제품을 써야 할지, 앞머리를

P

내야 할지, 귀밑머리를 남겨야 할지, 어떤 결정도 아직 내 것이 아니었다. 그보다 더 큰 문제는, 이제 밖에 나가면 짧은 머리를 한 여자들만 눈에 들어온다는 것이었다. 모두 갑자기 간밤에 머리를 자르기라도 한 것처럼. 나는 조금 덜 신이 났다.

3년이 지나도 쇼트커트를 갈망하는 여자들은 줄어들 기미가 보이지 않는다. 점점 너도나도 머리카락을 잘랐다. 단발머리를 할 때가 되었다는 생각이 들었다. 그러자 이곳저곳에서 단발머리만 잔뜩 보였다.

디자인을 공부할 때도, 인터뷰를 시작할 때도, 뭐가 되고 싶으냐고 물어오면 오글거려서 하지 못한 대답이 있다. '독보적이고 싶어'가 그것이다. 뛰어나길 바란다기보다는 '다르고' 싶었다. 일뿐만 아니라 단순한 취미생활에서조차 나만 할 수 있는 것, 나만의 무엇을 찾으려고 했다. 오랜만에 뭔가 마음에 들어와도 유행이 되는가 싶으면 바로 흥미를 잃었다. 하지만 난 독보적일 정도로 창의적이지는 않았고, 설령 새로운 걸 찾았다고 한들 이미 세상 어딘가에는 비슷한 것들이 널려있었으며, 그것마저 아니라면 추종자들이 늘어나 서로 몸싸움을 벌였다.

새로운 땅을 찾고자 하는 노력은 자꾸만 가던 길에서 눈길을 돌려버리는 비겁함으로 변질됐다. 내 깃발을 꽂지 못했다는 기분이 들면 방향을 바꾸는 것이다.

하지만 결국 나도 한 명의 추종자에 불과할 뿐이다. 새로운 종류의 약이나 외계인이라도 발견하지 않는 이상, 21세기에 완전히 새로운 건 없다. 다 같은 땅에 뿌리를 내리고 조금씩 다른 향과 색을 띨 뿐. 처음부터 내 몫은 내 향과 색을 찾는 일이었다. 그리고 그 일은 적어도 머리를 기르고 길들이는 일보다 더 오랜 시간과 노력이 필요하다.

그걸로 돈 버는 것도 아니면서

사진을 좋아한다. 아무리 미술관을 다녀봐도 사진전이 제일 좋다. 암실에 들어가본 적도 없고 원리 같은 건 아무리 들어도 잘 이해가 안 가지만 나만의 시선으로 기록을 남긴다는 것, 시간을 시각적인 사물로 잡아둔다는 느낌이 좋다. 완벽하게 컨트롤 할 수 없다는 점은 오히려 해방감을 준다. 그림을 그리거나 글을 쓰는 것과는 전혀 다르다. 사진은 찰나를 잡는 행위다. 같은 장소로 돌아간다고 해도 같은 사진은 찍을 수 없다. 놓친 순간은 영영 돌아오지 않는다. 그래서 사진을 찍는 사람은 스쳐가는 모든 장면에 마음을 던져본다.

대학에 들어가서 유일하게 꾸준히 한 동아리 활동도 사진이었다. 아무것도 모르고 대포 같은 카메라를 사는 바람에 고생을 좀 했다. 책가방 대신 카메라 가방만 들고 다니기도 했다. 졸업하고 요령이 생긴 나는 결국 세상에서 제일 작은 필름카메라를 샀고, 그 다음에는 좀 더 편리한 자동카메라를 샀다. 그런데 이 요망한 것이, 하나만 사서 잘 쓰면 될 것 같다가도 또 다른 카메라가 눈에 들어오고, 어느새 충무로를 서성이는 나를 발견한다. 옷을 사거나 피부 관리 받을 돈을 아껴서 카메라를 사는 것이다. 이상하게 카메라는 사치라는 느낌이 들지 않아 위험하다. 야, 정신 차려. 이미 다섯 대나 있다고.

친구가 무심코 물었다. 넌 사진작가도 아니잖아. 그런데 카메라가 왜 또 필요해? 나도 스스로 사진작가라고 정의 내린 적은 없다. 그렇다고 카메라 좀 갖고 싶어 하면 안 되나? 즐겁게 잘 찍고 있다고. 그것보다, '사진작가도 아니잖아'라는 대목에서 멈칫했다. 어디서부터 사진작가일 수 있는 걸까. 직업과 취미의 경계선은 어디쯤일까. 돈? 무명 배우가 카페에서 일한다고 본업이 바리스타인 것은 아니잖아. 전에도 그랬다. 바(Bar)에 앉아 있는데 바텐더가 물었다. 뭐하는 분이세요? 설명하자니 벌써부터 진이 빠져서 글 써요, 라고 대답했다. 작가세요? 아뇨. 에디터? 아뇨. 시인? 아뇨. 설마 트위터하시는 건 아니죠? 설령 트위터에 글을 쓴다고 한들 그게 뭐가 어때서. 트위터에 쓰는 글은 글이 아닌가? 소설이나 시, 기사를 쓴다고 하면 인정해주는 걸까? 세상에는 사전에서 찾아볼 수 없는 종류의 직업이 계속 생겨나고, 한 가지 일만 하는 사람은 점점 줄어든다. 그런데도 그 직업 이름 하나 제대로 챙기지 못하면 술 한 잔 하러 가서도 조금 피곤해진다.

세상은 분명하게 변하고 있는데도 사람들은 여전히 머릿속에 입력되어 있는 언어로만 이야기하고 싶어한다. 그 안에 갇힌 우리는 자꾸만 짧은 말로 서로를 규정지으려고 한다. 하지만 어쩌면 자신을 설명해야만 하는 상황이 자꾸 생긴다는 건, 꽤 흥미로운 길로 들어섰다는 뜻인지도 모르겠다. 너무 쉽게 설명되고 이해받는 건 따분하다.

RAMLOSA

넘어가자

멋 부리기보다는 솔직하고 싶었는데,

솔직히 말하면 멋 부리고 싶다.

나에게 가장 필요한 나는,

스스로 구석구석 시시콜콜하게 알면서도

그냥 눈감아주는 나.

RUNBERGS FRÖER

자기 확신

남이 주는 확신은 유효기간이 짧다.
불꽃처럼 잠깐 터졌다가 우수수 바스러지는 빛과 같다.
기어코 내가 나를 믿어야 한다.

누군가는 한 우물만 깊이 파고
누군가는 여기저기 헤집고 다니고,
누군가는 오아시스만 나타나기를 바라며 한없이 걷는다.
무엇이 더 나은지 뭐가 더 맞는지 따질 필요가 있을까.
그저 각자의 우물이,
바다와 오아시스가 있는 게 아닐까.

그런 순간들

지금껏 해온 일보다 앞으로 해야 할 일이

더 많이 남아 있다는 사실은,

앞으로도 꽤 오랫동안 설렐 수 있다는

묘한 안도감을 주고,

가끔씩 근거 없는 핑크빛 미래를 떠올리게 해서

가슴을 두근거리게 한다.

신경 쓰지 않으면 모르고 지나칠 정도로

짧고 빠르게 나를 만지고 가는 그런 순간들이

길고 긴 지금을 지탱해준다.

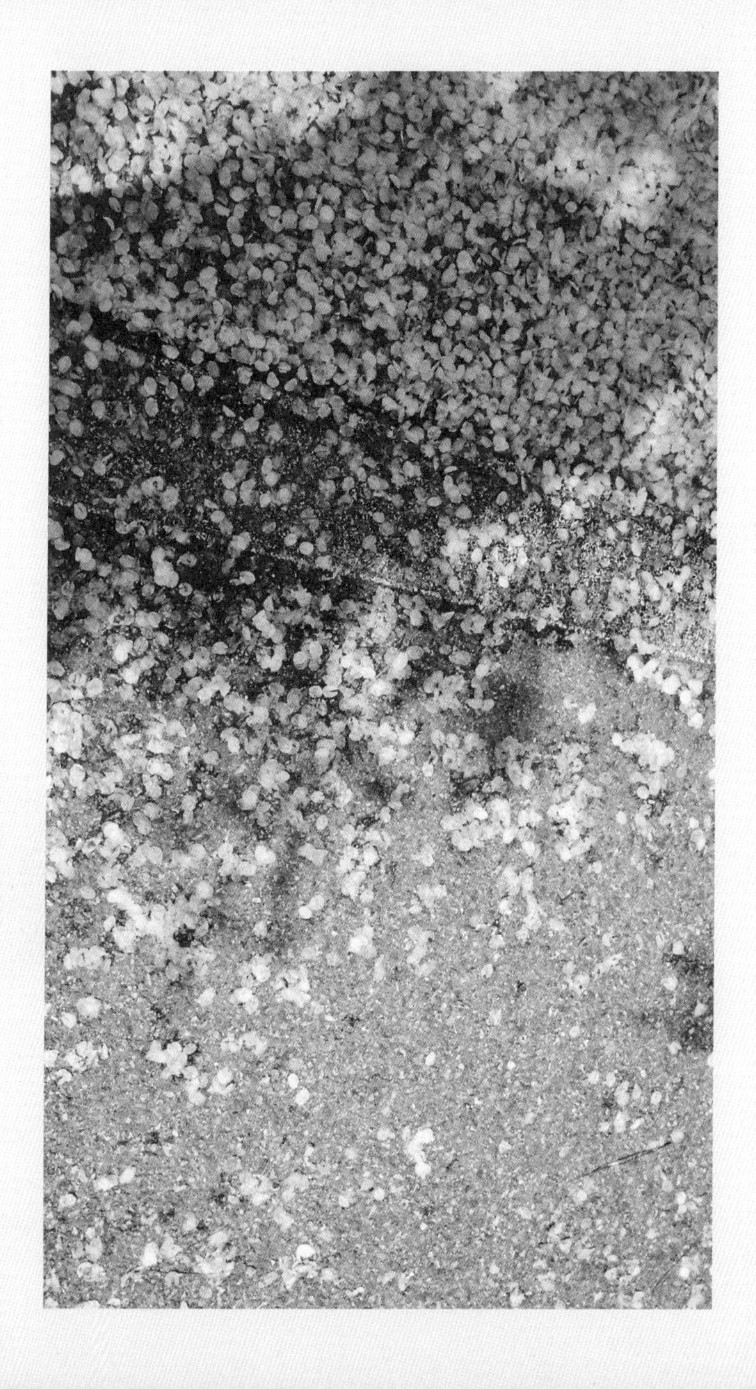

그래도 괜찮아

포기하고 싶다는 마음은

그동안 포기하지 않고 잘 버텨왔다는 뜻이기도 하니까.

타투의 시대

내 몸에는 타투(tattoo)가 몇 개 있다. 웬만하면 옷으로 다 가려지는 곳에 있지만, 한여름이 되면 곳곳에 작은 그림들이 빼꼼히 모습을 드러낸다. 작은 눈코입도 있고, 하트 모양의 파도도 있고, 꽃줄기도 있다. 호기심으로 시작했는데 어느새 하나둘 늘어났다. 특히 스트레스가 심할 때마다 찾은 괜찮은 처방이었다. 나는 내 타투들이 너무 좋다. 나만 갖고 있는, 나를 표현해주는 것들이고 한 아티스트의 작품을 소유했다는 기분도 든다. 그래서 날씨가 따뜻해지면 신나게 민소매를 걸치고 집을 나선다.

병원에 가면 맨살에 주삿바늘을 찌르는

간호사들이 자주 묻는다. 문신이에요? 귀엽네요.
편견이 없는 사람들은 잘 모르더라도 쉽게 말을
건넨다. 진짜 타투야? 안 지워지는 거야?
반면 못마땅하게 생각하는 사람들은 침묵한다.
내 팔과 어깨를 따라 흐르는 시선만으로도 그
꼬인 속내를 느낄 수 있다.

이렇게 내 몸에 타투가 있다는 사실은 모두가
알고 있다. 부모님만 빼고. 숨기고 싶지 않았지만,
먼저 알리고 싶지도 않았다. 차라리 들켜버렸으면
좋았을 텐데 몇 년째 눈치를 못 챈다. 엄마에게
타투를 들키고 후련해하는 꿈을 몇 번이나
꾸었는지 모른다. 잠에서 깨고 나면 여전히 비밀
아닌 비밀을 간직해야 한다는 사실에 상심했다.
그런데 곧 남편이 첫 타투를 받으러 간다. 다음
여름에는 꼭 둘이 같이 반팔 티를 입고 친정에
가야지. 아니면 이걸 먼저 읽으시려나. 아무래도
좋다 이젠.

부모님께 속 시원하게 오픈하지 못한다는
사실이 서운하진 않다. 어쩌면 당연한 거니까.
인식은 문화를 도통 쫓아가지 못한다. 마포나 용산
일대를 조금만 벗어나도 등 뒤가 따갑다. 팔꿈치의
작은 그림 하나 갖고 직업이나 결혼 여부, 나이

등을 마구 유추당하기도 한다. 그들의 추측은 대개 진실로부터 멀고, 나에 대해 제멋대로 가늠해본 그들의 판단이 틀렸다는 사실은 언제나 재미있다. 그리고 나는 그런 시선 따위 아랑곳하지 않고 또 타투 작업실을 드나든다. 지난 여름에는 친구의 시술로 대리만족 후 글을 하나 썼다.

… 호기나 호기심에 한 타투도 일단 받으면 점차 나에게 흡수되어 '내'가 되어버립니다. 그래서 더욱 신중할 수밖에 없는 거겠죠.

(중략)

지난 금요일, 타투이스트로 전향한 지 1년 정도 된 동생이 새로운 작업을 받았습니다. 보기보다 크고 섬세한 작업이라, 하마터면 해 뜨는 걸 볼 뻔했어요. 가느다란 팔에 다소 과감한 그림이지만 어머니와의 따뜻한 추억이 담겨 있다는 아카시아 이파리. 이리도 낭만적입니다.

타투는 한 개인의 시대성을 담고 있습니다. 인생의 어느 시점에서, 평생 가져갈 어떠한 그림을 몸에 그리기로 마음먹습니다. 스스로 다짐을 새기기 위해서일 수도, 그저 예뻐서일 수도

HARLEY
Coleman
COT

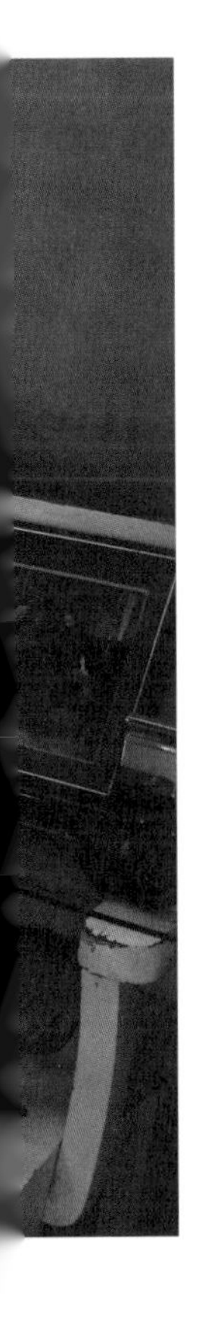

있겠죠. 이유야 어떻든 모든 타투는 특정 시기의 특정 인물을 담고 있습니다. 조금 거창하게, 개인의 기록된 역사라고 표현하고 싶어요. 어느 날 갑자기 그 역사가 창피해질 날이 올지도 모르죠. 흔들리지 않는 취향이나 가치관은 생각보다 희귀하거든요. 그렇게 따지면 평생 마음에 완벽하게 들 타투 같은 건 존재하지 않을지도 모릅니다. 하지만 그것을 너무나 사랑했던 한 시대의 당신은 있죠. 당신과 함께 늙어갈 그림도. 그래서 이 세상의 모든 타투는 유일무이한 것입니다.

그렇다. 나는 타투를 낭만적인 예술이라고 생각한다. 그리고 이토록 감미로운 예술이 불법이라는 사실은 생각보다 굉장히 불편하다. 우리나라에서 합법적인 타투이스트가 되려면 의대를 졸업해야 한다. 더 큰 문제는, 잘못된 시술이나 부당한 대우를 받아도 어디 가서 하소연할 길이 없다. 조금 더 큰 타투로 덮어버리거나, 피부과를 들락날락하며 표피 속 잉크를 레이저로 걷어내는 수밖에. 그마저도 마음의 상처는 고스란히 새겨지고 만다.

그런 와중에도 유명한 타투이스트의 작업을 받기 위해서는 몇 개월이고 하염없이 대기해야 한다. 예약 받는 걸 한번 봤는데, 세상에, 콜드플레이(Coldplay) 콘서트 티켓 예매처인 줄 알았다. 메신저가 폭발할 것 같더라. 지금의 많은 사람들은 그만큼 타투에 혈안이다. 아무리 법으로 가리려고 해도, 몸집이 불어나는 문화를 막을 수는 없다. 그리고 어느 밤 칵테일 바에 앉아있던 나는 문득 할 일을 발견했다.

타투 잡지를 만들자. 오늘날의 타투처럼 아름답고 정갈한 잡지를. 엄마와 딸이 손잡고 발목에 꽃 그림을 새기는 장면을, 젊은 남학생이 할머니의 편지 글을 팔에 새기는 모습을 담자. 정확한 정보와 가이드를 실어서, 이제 누구도 못된 타투이스트에게 상처받는 일이 없도록, 그리고 다른 이의 몸에 영원히 새긴 그림을 오해하는 일이 없도록.

몇 년째 어깨너머 수많은 타투 현장을 눈동냥만 한 나였다. 해보고 싶은 일이 생겼다는 생각에 신이 나서 거실 한복판을 팔짝팔짝 뛰어다녔다. 오랜만에 가슴이 두근댔다. 그리고 어느 일요일, 친한 타투이스트와 손을 잡았다.

몇 년간 인터뷰를 하면서 소소하고 따뜻한 보람은 있었지만 정말 나의 역할은 무엇일까 고민하곤 했다. 이렇게 보니 타투 잡지가 내 재능과 관심사의 집약체가 될 수 있을 지도 모르겠다는 기대감이 생긴다.

'왜'에 대한 답은 너무나 명확하고 내 설레발은 내가 너무 잘 알기 때문에 어떤 것도 확신할 수가 없지만, 나는 하고 싶은 건 무조건 하는 고집쟁이니까 하고야 만다. 시간은 좀 걸리겠지만 언젠가 반드시 내가 만든 잡지를 쌓아두고 초대할게요, 꼭.

줄줄이 비엔나

이것저것 해보니 글이 제일 무섭다. 글은 그림이나 사진, 말보다 자세하고 뚜렷하게 남는다. 글은 현재의 탈을 쓰고 과거에 머무른다. 나란 사람도 내가 쓴 글 안에서 맴돈다. 책을 내자는 제안을 받았을 때 지체 없이 하겠다고 할 수 있었던 것은 어쩌면 한번도 해본 적이 없어서다. 원고를 쓰는 동안에도 나는 계속 변하고, 더 이상 예전의 내가 아니라는 걸 티 내고 싶어서 원고는 늘어난다. 도무지 끝을 찾을 수가 없다. 오래오래 행복하게 살았습니다도 아니면서 어정쩡한 시점에서 책이 끝나야 한다는 게 영 찝찝하다. 뷔페에 가서 모든 음식을 맛보지도 못했는데 일어나야 하는 것

같은 기분이랄까. 그래도 여느 일처럼 억지로라도 매듭을 지어본다.

끝맺음은 언제나 어려웠다. 나는 주로 시작하는 쪽에 속했다. 새로운 아이디어가 떠오르면 잠이 안 왔다. 컴컴한 침대에 누워 머릿속으로 노트북을 켜고 이름을 짓고, 그림을 그리고, 다음 주, 반년, 2년 뒤를 상상했다. 그러면 아드레날린이 날뛰고 심장이 두근거려서 아무리 눈을 감고 있어도 정신이 말똥말똥해졌다. 현실성이나 사업성 같은 건 따져본 적 없다. 그런 걸 따지기 전에 일단 시작부터 했다. 저질러놓고 하는 후회보다 도전해보지 않아서 생기는 미련이 훨씬 싫었다. 사람들은 뭔지 잘 몰라도 시작이라는 것에 응원을 보낸다. 이 씨앗이 무슨 열매를 맺게 될지는 아무도 모른다. 막연함은 가능성으로 받아들여진다. 그래서 무책임하고, 엉뚱한 만큼 떳떳하다. 어떤 사람들은 내 그런 대책 없는 모습에서 대리만족을 느끼는 것 같기도 했다. 안전한 관중석에 앉아 구경만 해도 지루하지 않았을 것이다. 나는 그런 시선이 내심 마음에 들었는지도 모른다. 그래서 더욱 신나게 시작을 떠벌렸다.

이런 식으로 일을 벌려놓고 나면 수습할 것 천지다. 고생해서 만들어놓고 다 팔지 못한 물건들은 창고에 박스째 쌓여 있고, 함께 하기로 한 책과 전시는 과연 실현 가능할지 까마득하기만 하다. 일주일을 쪼개고 쪼개서 할 수 있다고 대답해버린 메일들은 '어떻게든 되겠지'라는 나의 낙천성에 혀를 찬다. 마무리가 부족한 내 삶은 매듭이 풀린 새끼줄 같다. 점점 올이 풀리는 새끼줄은 단단할 리 없다. 그걸로 뭘 묶을 수 있겠느냐마는, 난 무언가를 했다는 사실 자체로 충분했다. 나에게 끝이란 완전함보다 다음으로 연결되는 다리이자 또 하나의 시작이었다.

나와는 다르게 남편은 마무리하는 사람이다. 나는 자주 그의 뒷심에 감탄한다. 그쯤이면 무난히 완성이라고 생각했는데 그의 눈에는 아직 모자란 부분들이 낱낱이 보이는 것 같다. 막판 스퍼트 올리는 방법을 알고 있으니 똑같은 일을 해도 퀄리티가 다르다. 쉽게 싫증 내지도, 질리지도 않고 묵묵히 끝을 본다. 그런 모습을 보면서 나도 모르게 열등감을 느꼈을지도 모른다. 디자인은 남편처럼 해야 하는 줄 알고 다른 길을 찾아야겠다고 생각했을 수도 있다.

반면 남편은 나의 똥꼬발랄한 시작들을 동경한다. 지치지 않는 무모함을 신기해하고, 삶의 스펙트럼을 넓혀줘서 고맙다고도 한다. 덕분에 사는 게 재미있다고 나의 모든 시작을 즐겁게 응원한다. 그렇다고 큰 기대를 거는 것 같지는 않다. 카페를 그만뒀을 때는 생각보다 잘 돼서 깜짝 놀랐다고 했다. 도대체 얼마나 처참히 망할 거라고 생각한 거야, 그러면 애초에 말렸어야지, 라고 추궁하자 나에게 되물었다. 하지 말라고 했으면 안 했을 거야? …… 아니.

정리만 해도 한참 모자라는데 나는 그새 새로운 생각으로 산만해진다. 사회의 눈으로 보면 얘는 뭐 하는 앤가 싶겠다. 그래도 난 일단 시작하고 보는 사람의 편이다. 시작하지 않는다면 무엇도 잘하게 될 수 없는 거니까. 어차피 한참을 굴러가다 보면 시작과 끝을 구분하는 게 무의미해진다. 이 책은 저자로서 공식적인 데뷔작이기도 하지만, 지난 몇 해 동안 쌓아온 단상들에 대한 하나의 매듭이기도 하다. 또 다른 시작의 발판이 되어줄지 모르는 일이기도 하고. 모르긴 몰라도 뭔가 하긴 했다는 마음이다. 그러고 보면 삶은 줄줄이 시작하고 끝맺는 비엔나 소세지 같다.

어른의 일

20대에 질주하는 방법을 배웠다면

30대에는 무리하지 않는 방법을 배운다.

무작정 달려들던 나이가 지났다.

조금 더 나은 때를 기다릴 줄 아는 것도 어른의 일이다.

한번 흘러간 강물은 다시 돌아오지 않지만

곁을 떠나지 않는 한, 강은 계속 흐른다.

하던 거나 해

대학 교수직에 지원하게 됐다. 안정이라든지
사명이라든지 하는 여러 가지 이유로 오래도록
염원했던 일이었고, 인생을 확정 지을 기회라고
생각해서인지 지나치게 간절했다. 그런 기회
따위는 존재하지 않는다는 걸 알면서도 막상
닥치면 눈이 멀고 만다. 지원 서류는 매우 까다롭고
무서웠다. 준비하는 동안 손에 땀이 송글송글
맺히고, 다리를 쉴 새 없이 떨고 목구멍이
말라 식사도 제대로 하지 못하면서 화장실을
들락날락했다. 밤낮 가리지 않고 복받치는 감정을
주체하지 못해 엉엉 소리 내어 울었다. 기도를 해도
마음은 쉬이 잠잠해지지 않았다. 욕심과 두려움이

큰 만큼 마음속에 높은 파도가 일었다.

순차적으로 결과 통지를 받았다. 1차 자격심사를 통과하고, 아슬아슬하게 느껴졌던 2차 서류심사까지 통과해서 3차 면접을 보게 됐다. 오랫동안 꿈꿔온 길에 가장 가깝게 서 있는 순간이었다. 어쩌면 정말로 이루어질 수 있다는 생각에 설레면서도 한편으로는 무서웠다. 꿈이 이루어진다는 것은 마냥 좋아할 게 아니다. 그에 따라오는 책임과 의무는 상상하던 것보다 훨씬 무겁다. 그렇다고 여기까지 와서 지레 멈출 수는 없었다. 예상 질문과 답들을 적어서 외웠다. 무릎까지 내려오는 푸른색 스커트, 타투를 가릴 수 있는 하얀 긴 소매 셔츠를 입고 검은색 펌프스를 신었다. 오후 4시 면접을 앞두고 미용실에서 구불구불한 단발머리를 단정하게 정리했다. 평소에 바르는 새빨간 립스틱은 넣어두고, 옅은 분홍빛 립글로스를 발랐다. 회사 면접이었다면 그렇게까지 나를 숨기지는 않았을 테지만 학교란 곳에서는 무난하지 않은 나를 최대한 감추어야 할 것 같았다. 그리고 그 생각은 면접을 통해 더 확실해졌다.

내 이력은 한국에, 특히 대학에 잘 어울리지 않다는 걸 안다. 학교는 생각했던 것보다 더 느리고, 닫혀 있었다. 제품 디자인으로 지원하셨는데 석사는 가구 디자인을 하셨네요, 라니. 지금 학생들은 제품 디자인 전공으로 졸업하면서 가구는 물론 UI(User Interface), UX(User Experience), 앱, 서비스 디자인 등 분야를 막론하고 사회로 진출하고 있는데 교수님께선 제품 디자인이 뭐라고 생각하시는지요, 라고 되묻고 싶었지만 그러지 못했다. 모토로라 2년, 까사미아 1년, 기업 경력이 짧네요, 라는 질문에는 스스로 이룬 일들이 기업 경력에 굴하지 않을 만큼 가치 있고, 학생들을 가르치기에 훌륭한 자산이라고 반박하고 싶었지만 역시 그러지 못했다. 나는 나를 지나치게 감추고 있었고, 학교의 틀에 맞지 않는다는 사실에 쭈그러들었다. 교수님들은 나의 일을 이해하는 대신 스웨덴에서 영어로 공부했는지, 영어는 얼마나 잘 하는지, 영어로 강의할 수 있는지를 궁금해했다. 어찌나 열심히 묻던지, 그냥 영어로 대답할 걸 그랬다. 10분을 간신히 넘긴 면접이 무미건조하게 끝나버렸다. 그 시간 동안 내가 나인 순간은 단 1분도 없었고, 그렇다고 학교

입맛에 제대로 맞추지도 못했다. 학교가 원하는 인재상에서 나는 가장 먼 곳에 떨어져 있었다.

화장실에서 힐과 블라우스를 벗고 슬리퍼를 갈아신고 티셔츠로 갈아입으면서, 차라리 떨어졌으면 좋겠다는 생각이 스쳤다. 학생들을 생각하면 숨이 막히고 미안했지만 한편으로는 그 실체와 직접 마주하고 나니 정신이 맑아졌다. 그 일을 하는 내 모습은 조금 불행해 보였다. 답답했지만 후련했다. 앞으로는 교수직에 연연하지 않게 될 것이다. 실패한다 해도 자괴감은 들지 않을 것이다. 내가 모자라서가 아니니까.

이효리가 4년 만에 컴백했다. 여섯 번째 앨범은 달랐다. 제주도에 살면서 쌓은 시간과 마음이 솔직하고 용기 있게 담겨 있었다. 호탕하고 섹시한 이효리를 좋아했지만, 그것 역시 자신감 있고 소신 있는 모습이었기 때문이다. 〈유 고 걸〉을 부르던 이효리도, 〈미스코리아〉를 부르던 이효리도, 〈서울〉을 부르는 이효리도 매 순간 가장 이효리다웠다. 대중성을 내려놓은 앨범은 음원 차트에서 오래 머물지 못했지만 음원 차트가 음악을 평가하는 훌륭한 잣대가 된다고 생각하지

않는다. 그래도 가수에게는 객관적이고 공식적으로 인정받는 통로다. 기대도 했겠지만 동시에 각오도 했겠지. 알면서도 자기의 음악을 만들 수밖에 없었을 거라고 생각한다.

내가 화가 난 건 몇 개의 기사를 읽은 뒤였다. 음원 차트에서 사라진 이효리를 두고 A급 가수의 참담한 실패라고 말했다. 이효리라는 브랜드에 비해 밋밋하고, 예능에서 보이는 발랄한 모습과 어긋나는 음악이라고 했다. 가수든 배우든, 하다못해 디자이너마저도 예능 출연이 아니면 찾아주지 않는 구조를 만들어놓고 어쩌라는 건지 모르겠다. 대중이 기억하고 기대하는 이효리의 모습을 충족시켜주지 못했다며, 다시 〈유 고 걸〉로 돌아가는 것도 하나의 방법이라는 꼰대스러운 망언까지 보았다.

어째서 젊은 시절에 우연히 발견된 한 가지 모습으로 평생 살아주기를 원할까. 발랄하고 섹시한 가수는 평생 발랄하고 섹시한 음악을 해야 하나? 제주도에 살며 매일 새벽에 요가를 하고 조금 느린 삶의 속도를 찾은 그녀가 여전히 〈텐 미닛〉을 불렀다면 나는 적잖이 실망했을 거다. 그녀의 삶은 주체적으로 변해가고 있고, 자기가 잘

하고 좋아하는 음악으로 그것을 표현했을 뿐이다. 영향력 있는 A급 가수가 지금의 우리에게 보여줄 수 있는 가장 진실되고 바람직한 모습이 아닐까. 나는 그 용기가 고맙다. 멍청하게 똑똑한 척하는 평론가들만 모르고 있다. 이효리는 성장했고, 언론은 상했다.

제품 디자이너는 평생 제품 디자인만 해야 하고, 댄스 가수는 평생 댄스 음악만 해야 하는 세상에 살고 있지 않다 우리는. 카테고리 태그가 붙은 네모난 칸에 쏙 들어가는 그런 삶을 살고 싶지 않다 나는. 쉽게 표현되는 것만큼 지루한 것도 없다. 대학 교수가 되지 않아도, 음원 차트 1위를 하지 않아도 좋다. 그런 타이틀보다 훨씬 재미있고 충만하게 살고 있으니.

HUN
R E
OPEN
SHOP HOURS
Hungry Ear Records
OPEN
NEW LOCAL MUSIC
AMAKA
UKULELE

SALE
Saturday, Sunday & Monday
25% OFF
(ALMOST) EVERYTHING*
THE ROUGH RIDERS

내가 나라니

아. 일하기 싫다. 오후 3시 반이 되도록 그 생각뿐이다. 그래도 오늘의 글과 사진을 페이스북에 올리고, 곧 신세 질 사람에게 줄 선물을 포장하고, 도톰한 유리컵에 믹스 커피를 한 잔 타 마시고.

새벽에는 비가 세차게 왔다. 닫힌 창문 밖으로 사이렌 소리가 들렸다. 보통이라면 메아리를 남기고 지나가버렸을 텐데 계속 근처에서 들려왔다. 홍수라도 났나 싶어 베란다로 나가보았다. 오랜만에 보는 새벽이 밝고 하얬다. 그대로 깨어 있었더라면 할 일을 다 하고도 아직 점심시간도 안 되었을 것을. 난 다시 침대로 들어갔고 너무 생생한 꿈을, 그것도 야한 꿈을 실컷

꾸고 난 뒤에야 만족스럽게 일어나 점심을 먹었다.
그저께 먹고 남은 된장찌개를 데우고 돌덩이 같은
찹쌀밥을 녹여서. 내리던 비는 그쳐서 마른 땅이
올라오고 해는 중천이다.

뭔가를 해보려고 했다. 분명히 몸은 책상
앞인데 시계바늘 외에는 달라지는 게 없다.
시간은 만날 저 혼자 참 빨리도 간다. 머릿속을
환기시키려고 의자에서 일어섰다. 잠옷을 훌렁훌렁
벗어 던지고 뜨끈한 물로 샤워를 했다. 진작에 할
걸, 너무 개운하다. 세탁소에 맡기려고 꺼내둔
코트가 몇 주째 신발장 옆을 지키고 있다. 못 본 척
힐끗. 쓰레기 봉투를 내놓으려고 현관문을 여니
옆집의 밥 짓는 냄새가 솔솔 풍긴다. 어김없이
김치찌개다. 엄마랑 살 때는 매일같이 맡았던
저녁밥 냄새. 남편은 오늘도 야근이고, 혼자 먹을
밥 따위는 짓지 않는다. 냉장고 문을 열고 한참을
서 있었다.

드디어 해가 뉘엿뉘엿 지고, 7시 즈음이
되자 창밖은 어두워진다. 초등학교 앞 동네
주민들의 움직임도 잠잠하다. 하루 종일 돌아가던
공기청정기 소리가 유독 크게 귀에 들어온다.
내 머리는 그제야 깨어나기 시작한다. 몇 시간

전부터 펼쳐두었던 자료를 읽는다. 도통 떠오르지 않던 문장들을 노트북에 줄줄이 써내려 간다. 타자 치는 속도가 생각을 쫓아가지 못해 몇 가지 놓치고 만다. 그렇게 흘려 보낸 생각은 다시 돌아오지 않는다.

너만큼 바쁘고 활발한 사람이 어디 있냐는 얘기를 많이 들었다. 그런데 난 이렇게 게으르고, 집중력이 부족하고 제 멋대로의 시간을 산다. 이런 어른이 되어있을 줄이야. 그 누구보다 내가 제일 예상하지 못했다.

고백하건대,
나는 내가 쓰는 글들과 전혀 닮지 않았다.
글은 조금이라도 그리 될까 하여
자신에게 새기는 기록일 뿐이다.

내 속의 나

말도 많은데 목소리까지 큰 건, 사실 내향적이어서 그렇다.

처음 보는 사람에게 덥석 다가가는 건, 사실 낯을 가려서 그렇다.

침묵을 웃음으로 메워버리는 이유는

그 어색함을 달랠 방법을 몰라서,

혹여 나만큼 너도 그 빈틈을 불편해할까 봐서.

겉으로는 여유로워 보일지 몰라도

마음속은 내내 분주하다.

상처에 취약한 동물은 껍데기를 두른다.

시간이 흐르고 껍데기는 점점 두꺼워져서,

그 안에 누가 있었는지

나조차도 가물가물해진다.

연습

지혜는 스쳐가는 기회들을 통해 쌓인다.

욕심도 부려보고,

놓쳐도 보고,

어쩌다 잡기도 하고.

그러니 잃어도 잃은 것이 아니다.

다른 이에게는 쉽게 포기하는 것처럼 보일지 모르지만,

나는 답을 찾아가고 있는 중이다.

객관식 문제의 오답을 하나씩 지워가는 것처럼.

괜찮다

지금의 나는 예전의 내가
상상조차 못해본 모습으로 지낸다.
나중의 나를 상상하는 것 또한
그저 상상으로 그치게 되겠지.

생각대로 되지 않아도 어떻게든 간다.

Lövholmsvägen
avstängd för
genomfart till
Gröndalsvägen

삶의 속도

머리로 이해하는 게 아닌,

스스로 깨닫는 삶은 느릴 수밖에 없다.

그런데 결국은

그게 더 빠른 것 같아.

성(城)

나는 젖은 모래와 같아서

움켜쥐면 잡히는 듯하다가도

조금만 힘을 놓으면 우수수 스러지고 만다.

짠 수분을 가득 머금은 모래로 성을 쌓지만

파도가 일면 맥없이 쓸려내려 간다.

그래도 쌓는다.

무너지면 쌓고,

또 무너지면 다시 쌓고.

그 무수한 반복은 결국

성(城)을 쌓으리.

PART 2

A

행복은,
친구들과 신나게 놀고 난 뒤 쉬어버린 목소리,
하루 중 제일 첫 모금의 커피,
나를 기다리다 소파에서 잠든 남편의 발바닥,
오랜만에 물어오는 친구의 이유 없는 안부.

사적인 시차

성공한 인생 같은 건,

너와 손가락 깍지를 끼던 그날 밤 시작되었다.

아침형 인간인 남편과 갓난아기 때부터
야행성이었던 나 사이에는 대략 두세 시간의
시차가 있다. 연애시절 불면증으로 고생하던
남편은 이제 눕기만 하면 도롱도롱 코를 고는
사람이 되었고, 난 30년이 넘도록 여전히 새벽이
되어서야 잠자리에 들 자세를 잡는다. 그렇다고
남편 혼자 침실에 들어가 자게 두는 건 아니다.
하루에 얼굴 맞대고 살 비빌 시간이 한 시간이 채

될까 한 우리에게 잠들기 전의 짧은 만남은 정말
귀하다. 나는 매일 밤 남편이 자기도 모르게 잠드는
모습을 지켜보고, 물기 없는 머리카락을 쓰다듬어
보기도 하고, 그 미동 없는 몸통에 팔과 다리를
감고 살 내음을 맡으며 형체 없는 행복감을 느낀다.
남편은 아침에 혼자 일어나 의식 없는 내 귀에 긴
인사를 속삭인 후 출근길에 나선다. 서로 잠이 든
모습을 보며 하루를 시작하고 마감하는 날들이
수백일 동안 쌓였다.

어젯밤도 다를 바 없었다. 남편은 머리를
베개에 대자마자 새근새근 잠이 들었고, 나도 눈을
감고 숨소리에 박자를 맞춰보았지만 잠이 오지
않아 휴대폰을 다시 집어 들었다. 한 시간 정도가
지나서야 남편 쪽으로 돌아누웠는데 그 모습이
어찌나 사랑스럽던지. 멈춘 듯한 새벽 공기에
이끌려 나도 모르게 여보 사랑해, 라고 속삭였다.
그리고 그 작은 소리에 남편은 잠에서 깼다.
무슨 꿈이라도 꿨어? 무슨 일 있어? 운 거야?
남편은 잠이 덜 깬 목소리로 자꾸 물었다. 무슨
소리야, 나는 키득키득 웃었다. 남편은 일어나서
보리차 한 잔을 마시고, 다시 누워 정말 아무
일도 없는지 물었다. 장마가 시작되기 전날

밤이었고, 톡톡한 여름 이불로 바꾸었는데도 이불이 꾸덕꾸덕 살갗에 달라붙어 더웠다. 이불을 발로 걷어차고 팔베개를 하고 누우니 몸인지 마음인지 쾌적해졌다. 하지만 남편은 완전히 잠에서 깨버렸다. 아무리 토닥토닥 다독여줘도 잠들지 못하고 계속 한숨을 내쉬었다. 다독이는 내 손의 리듬에 내가 잠이 들고, 남편의 뒤척임과 한숨 소리에 깨고, 다시 잠들었다가도 그가 신경 쓰여서 또 깼다. 잠의 문턱을 드나드는 동안 남편은 거실로 나가 소파에 누웠다. 그제야 마음 놓고 잠에 빠졌는데 이번에는 남편이 춥다며 날 깨운다. 시계를 보니 6시 반. 옷장에서 담요를 꺼내 덮어주고 누우니 얼마 안 있어 아침을 재촉하는 알람이 울린다.

남편의 출근 소리도 듣지 못한 채 늦잠을 잤다. 정오 즈음이 되어 남편에게 전화를 걸었다. 한숨도 못 잤는데 괜찮냐고 물으니 아무 문제 없다고 약간 빠르게 대답한다. 전화기 너머가 시끌시끌하다. 졸릴 새도 없을 것 같아서 긴 얘기는 하지 못하고 전화를 끊었다.

나는 남편이 보고 싶다.

그냥 맨날 보고 싶다.

출근하면 출근해서, 출장가면 출장가서, 함께 있으면 그 시간이 한없이 짧기만 해서 더 보고 싶다. 같이 있는다고 대단한 걸 하는 것도 아니다. 각자 휴대폰을 들여다보고, 각자 책을 읽고, 말 없이 밥을 먹는다.

그렇다고 해도 같이 있는 게 좋다. 자다가 일어나서도 나에게 무슨 일이냐고 물어봐줘서 좋고, 자기가 어젯밤에 왜 깼는지 모르고 어리둥절해 하는 모습이 귀엽고 우스워서 좋다.

우리는 서로 자고 있을 때 자꾸만 사랑을 고백한다. 그 고백들을 기억하는 건 듣는 쪽이 아니라 하는 쪽이다. 어쩌다 한번씩 선잠에 든다고 해도 대꾸할 정신이 없다. 하지만 그 무의식의 시간이 우리가 떨어져 있는 모든 시간을 붙든다.

두 사람 사이의 시차란
불편하고도 묘하게 사적이다.

사랑하지 않아서가 아니야

친구들이 결혼을 한다. 열 살 어린 친구부터 열 살 많은 친구까지. 결혼식이야 줄곧 있었지만 지난 여름부터 이렇게 논스톱으로 다녀본 적은 없는 것 같다. 애정하는 사람들의 기쁜 일을 축하해주는 것은 기분 좋은 일이고 평소에 입을 일 없던 옷을 꺼내 입는 재미도 쏠쏠했다. 결혼식은 그 수만큼 다양했다. 동시에 세 커플이 식을 올리는 바람에 하객들이 온통 뒤섞여버린 예식장이 있었던 반면, 연예인 못지 않게 성대했던 호텔 결혼식은 홀이 너무 커서 신랑 신부가 잘 보이지 않을 정도였다. 테이블에 마주 앉은 친구와는 크고 높은 센터피스를 피해서 대화를 나눠야 했다. 연예인이

와서 축가를 불러준 결혼식, 부부가 직접 축가를 부른 결혼식, 성당 결혼식, 교회 결혼식, 해변 결혼식 등 일일이 헤아리기 어려울 정도다.

결혼식은 차치하고 부부의 사연들이야말로 더 다양하다. 장거리 연애만 하다가 결혼과 동시에 미국으로 건너간 친구도 있고, 혼인신고 후에도 바다를 사이에 둔 주말부부도 있고, 만난 지 얼마나 됐다고 벌써 날짜를 잡은 친구도 있고, 한 번 미룬 결혼을 다시 준비하는 친구도 있고, 갓 시작한 결혼생활을 끝내고 싶어하는 친구도 있었다. 결혼에는 '보편성'이라는 게 없다. 얼추 비슷한 것 같다가도, 조금만 속으로 들어가보면 하나같이 제 각각이다.

어제는 결혼 준비 중인 친구를 만나 푸념을 들었다. 그런 경우는 아무래도 문제점에 대해 주로 듣게 된다. 안정적인 결혼은 조용한 편이다. 물론 조금 시끄럽다고 해서 큰 문제가 있다고 단정지을 수는 없다. 잘 싸우는 게 침묵하는 것보다 낫기도 하니까. 대부분은 결혼생활보다 준비과정이 더 어려워 보였다. 아무리 사랑한다지만 평생 한 놈하고만 먹고 자고 살아야 한다니 괜찮을까 싶다. 그동안 별로 문제 삼지 않았던 것들이

눈에 들어오기 시작한다. 그리고 그 문제 때문에 불행해지지는 않을까 덜컥 겁이 난다. 상견례를 마치고, 꽃과 드레스를 맞추고, 청첩장을 돌리면서도 이게 실제인가 싶다. 마음에 비해 진행되는 속도가 너무 빠르다. 그 와중에 부모님은 뭔가를 요구하고, 곧 남편이 될 사람은 도통 무디다. 잘하고 싶은 마음에 예민해지고 서운해진다. 드디어 골인이라고 생각했는데 기대했던 것과 사뭇 다르다. 당혹스러울 수밖에.

결혼에는 '드디어'라는 수식어가 붙곤 한다. 하지만 결혼하고 보니 결혼은 완성이 아니더라. 아무리 연애를 오래 했다고 한들 결혼은 다시 처음이었다. 7년의 연애 끝에 시작한 나의 결혼생활은 3개월의 싸움을 거치며 제 자리를 찾아 다녔다. 누가 갑자기 변한 게 아니었다. 같이 생활한다는 이유로 문제 같지도 않던 것들이 문제가 되기 시작했다. 계란 껍질은 바로 쓰레기통에 버려야 하는데, 남편은 자꾸 싱크대에 버려서 설거지를 복잡하게 만들었다. 남편은 소파에서 자기도 모르게 잠드는 걸 좋아했고, 난 그런 남편에게 잠은 침대에서 자라고 잔소리했다. 다툼이 나도 남편은 잠을 못 이겼고,

나는 분을 이기지 못해 뜬눈으로 밤을 지샜다. 오붓하게 마주 앉아 먹는 아침식사, 깨끗하고 아늑한 집, 그 집 안을 뛰노는 고양이와 아이들 같은 것은 감당할 수 있는 것 이상의 에너지를 요구했고 그래서 점차 바라지 않게 됐다.

마찰을 겪고 단단해지려면 물리적인 시간이 필요하다. 물방울을 떨어뜨려서 표면을 다듬는 격이다. 싸우고 화해하며 간신히 맞추어놓은 줄 알았는데, 나이를 먹고 삶이 움직이면서 사람도 변한다. 이해와 타협의 과정을 끝없이 겪는다. 그러다 보면 어느새 무던해지는 자신을 발견한다. 어차피 바꿀 수 없다고 생각한다. 조금 불편하더라도 큰 문제가 아니라면 그냥 두기로 한다. 내가 편하고 싶은 만큼 남편도 편하고 싶다. 긴 하루 끝에 집에 돌아와서까지 긴장하고 싶지 않다. 아침에 샤워하고 쓴 수건과 어제 입은 옷이 조금 굴러다녀도 신경 쓰지 않기로 한다. 우리의 기준은 꽤 더럽고, 낮아졌다.

그렇다고 매사에 나 몰라라 할 순 없다. 그럴 거면 결혼을 하면 안 됐지. 원하는 바가 있다면 효과적으로 얻어낼 수 있어야 한다. 연애 기간을 포함한 지난 11년간 내가 터득한 기술은 '돌려

말하지 않는 것'이었다. 집착하지 않는 만큼 무심한 남편은 행간을 잘 읽는 편이 아니다. 직접 전달하는 것만큼 좋은 대화법이 없었다. 오랜 시간이 흐른 뒤 나는 엎드려 절 받기여도 진심으로 기뻐할 줄 알게 됐고, 남편은 내가 다 말하지 않아도 먼저 다가서는 방법을 배우게 됐다.

결혼에 '영원히 행복하게 살았습니다' 같은 엔딩은 없다. 벗기고 또 벗겨도 계속 뭐가 등장한다는 게 장점이자 단점이다. 계속 적응해야 하지만, 그래서 재미있다. 끊임없이 서로를 발견하고 맞춰가야 하지만, 그래서 더 이해하고 인정할 수 있다. 결혼생활이 멈춰버리면 먼지가 쌓이고 곰팡이가 슬고 만다. 배우자는 내 입맛대로 구워삶을 수 있는 요리가 아니다. 조금 싱겁다고 소금을 넣고, 너무 맵다고 치즈를 올릴 수는 없다. 나만큼 배우자도 자신의 삶을 살고 싶어 한다. 배우자는 나에게 소유된 사람이 아니다. 그 사실을 간과하고 상대를 좌지우지하려는 순간 불행이 시작된다. 그 결혼이 유지되고 있다면 한 쪽이 참아주고 있기 때문일 것이다.

결혼은 포기할 수 있는 용기가 아닐까? 나만 좋아하는 것을 포기할 용기, 사소한 문제는 눈감아줄 용기, 시간과 에너지를 포기할 용기, 세상의 모든 나머지 로맨스를 포기할 용기. 포기해야 할 게 많지만 그럼에도 불구하고 결혼을 한다. 좋으니까. 삶의 끝에서 내 편을 들어줄 거라 믿는 사람이니까. 그래서 기꺼이 포기한다. 나의 반을 버리고 배우자로 채우면, 배우자의 반도 나로 가득 찬다.

온도

난 그렇게 따듯한 사람은 아닌 것 같다고 했더니

자기에겐 충분히 뜨겁다고 말했다.

그것으로 되었다.

인연

결혼은

선물이나 이벤트, 전화 통화의 횟수가

사랑과는 별로 상관이 없다고 생각하는 사람과.

우리가 인연이라면 필요한 건

최소한의 노력이다.

딱 그 정도만 한다면

온 세상이 우리를 맺어줄 거라 믿는다.

itori
1946

사랑하는 순간

잠들기 전 침대에 푹 담겨 있는 순간이 제일 좋다.

캄캄해진 집 안에 울리는 미세한 소리를 들으며

따뜻한 이불 속에 가지런히 누워서 옆에 누운 너까지 보면,

이보다 감사하고 다행일 수 있을까 한다.

순간을 시간으로 느끼고 싶어서

아무리 피곤해도 쉽게 잠들지 못하는 것이다.

같이 산다는 건,

어떤 종류의 하루라도

그 끝은 언제나 너라는 것이다.

관계의 코드

남편과 나는 다른 유형의 사람이다. 나는 몸을 많이 움직이는 물놀이나 배구 같은 운동을 좋아하고, 남편은 최소한의 움직임을 요하는 당구나 볼링 같은 운동을 좋아한다. 나는 저녁 7시가 되어야 기운이 나고, 남편은 아침 7시에 이미 활동 중이다. 떡볶이를 먹어도 나는 떡을, 남편은 어묵을 먹는다. 나는 소설이나 에세이, 심리학 서적을 읽고, 남편은 자기계발서나 정보 서적만 읽는다. 나는 친구들을 밖에서 만나고, 남편은 집으로 초대한다. 나는 말하고, 남편은 듣는다.

물론 맞는 부분도 있다. 그중 의외로 개그 코드가 잘 맞는다. 원래 남편은 유머나 재미와

잘 어울리는 사람이 아니다. 하지만 예고 없이 치고 들어오는 그의 언어유희에 나는 맥없이 자지러지고 만다. 웃기는 남편은 평소와는 다른 이질감 때문인지 꽤 사랑스럽다. 뜬금없이 터지는 짧은 폭소들은 행복이 어렵지 않다는 사실을 확인시켜준다. 가끔은 애정보다 개그가 더 중요한 게 아닐까 하는 생각마저 든다.

가장 중요한 건 일과 삶에 대한 코드다. 삶을 살아가는 태도에 있어서 만큼은 같은 모양새를 취한다. 현재에 안주하지 않고, 주류에 휩쓸리지 않고 스스로 즐겁고 가치 있는 일을 찾는다. 당장의 성과나 타이틀보다는 미래를 기대하고 나만의 영역을 일구려고 한다. 무엇보다 서로 하고자 하는 일들을 믿음으로 지지한다. 일이 삶의 대부분을 차지하는 우리 부부에게 이 코드는 매우 중요하다.

아무리 가까운 사람이라도 생각해보면 잘 맞는 코드가 그리 많지 않다. 좋아하는 음식, 영화, 휴일을 즐기는 방법, 말투, 가치관과 사고방식 등의 수많은 분야에서 코드가 맞는 사람을 찾겠다는 건 대단한 욕심이다. 하지만 데칼코마니 같은 코드 없이도 충분히 사랑할 수 있다. 관계 코드만 잘 맞는다면. 연인 관계라면 다툼과 오열,

대화와 선물로 맞춰가거나 반대로 영영 헤어져버릴 수도 있지만, 친구 사이라면 약간 더 복잡하다.

친구 관계는 친구라고 생각되는 사람의 수만큼 다양한 관계가 존재한다. 사소한 사건들과 감정까지 낱낱이 공유하는 친구가 있고, 삶의 큼지막한 맥락만 확인해도 괜찮은 친구가 있다. 잦은 연락에 비해 속마음을 드러내지 않는 친구가 있는 반면, 어쩌다 한번 만나서 깊은 시간을 나누게 되는 친구도 있다. 당연한 듯이 관계가 짙어지는 친구가 있는가 하면, 아무리 노력해도 좀처럼 진척이 없는 친구도 있다. 관계의 유형을 결정짓는 것은, 같은 것을 보고 같은 것을 들었을 때 각자 어떻게 해석하느냐에 달려 있다. 그 차이가 크면 클수록 관계의 틈도 커질 가능성이 높다. 관계 코드가 심하게 어긋나는 경우에는 말 한마디, 표정 하나가 오해의 소지가 된다. 미묘하고 사소한 상황들 안에서 오해는 오해를 부르고, 제대로 시작조차 하지 못하는 관계가 수두룩하다. 하지만 내 잘못도, 친구의 잘못도 아니다. 우리의 관계 코드가 워낙 다를 뿐이다.

물론 코드와 상관 없이 모두와 잘 지내는 사람도 있다. 가치관이나 성향 차이에 크게

WHITE TRASH

연연하지 않고, 조금 어긋나는 신호도 여유롭게 받아주는 사람. 타인들의 관계에서 윤활유 역할을 하는 사람. 걔 성격 좋지, 라는 말이 나오게 하는 그 사람.

애석하게도 난 그런 사람이 못 된다. 모두와 원만하게 지내는 사람을 보면 위기의식이 느껴지기도 한다. 나도 좀 더 둥글해져야 하는 걸까 잠시 고민한다. 하지만 애써본들 타고난 사람의 발자국도 못 따라간다. 재미로 별자리 점을 본 적이 있는데, 나는 가치관이 맞지 않는다는 걸 아는 순간 마음을 닫아버린다고 하더라. 까칠한 년. 하지만 그만큼 나에겐 삶의 코드가 중요하다. 나에게 관계의 깊이는 대화의 깊이와 비례한다. (횟수와는 별개.) 가볍고 얕은 관계들을 저버리는 것은 아니다. 다른 코드를 이해하기 위해 노력하지 않는 것도 아니다. 다만 모든 관계에 욕심부리고 밑 빠진 독에 하염없이 물을 들이붓고 싶지는 않다.

조금 까칠한 나로 사는 게 이기적이라고 생각하진 않는다. 사람들과의 관계도 중요하지만 그 전에 나를 찾고 이해하는 게 더 중요하다. 추스르지 못한 마음은 결국 앙상하게 말라 정말 소중한 사람들에게마저 뾰족하게 들이대고 말

테니까. 나를 드러내고 가장 가까운 사람들을 지키는 것과, 나를 감추고 더 많은 사람들을 취하는 것. 둘 중에 어느 쪽이 더 이기적인지는 그렇게 어려운 문제가 아니다.

외로운 더치페이

친구가 밤늦게 고민이 담긴 목소리로 전화를 했다. 최근에 사이가 서먹해진 친구가 하나 있는데, 알고보니 그 친구가 자기에게 서운한 마음이 가득하더란다. 자기는 전혀 모르고 있었고, 얘기를 들어보아도 딱히 본인이 잘못한 것 같지 않아서 더욱 난감하다고 했다. 잘못한 사람은 없는데 서운한 사람만 있다. 꽤나 흔한 인간관계의 한 단락이다. 마음의 크기가 달라서 생기는 그런. 사실 서운해 하는 그 친구도 충분히 이해된다. 나도 사람 욕심이 필요 이상으로 많으니까. 그러면 좋지 않다는 것도 잘 아는 바람에 욕심과 체념이 부대껴 종종 괴롭다.

나는 그 이유를 어린 시절에서 찾는다. 학창시절의 반을 남미에서 보내며 외국어를 배우고, 파나마 전통 의상을 입고 춤추고, 1년 내내 여름인 나라의 생활과 25센트짜리 길거리 빙수의 맛, 쏟아지는 별빛이 주는 느낌을 알게 됐다. 그리고 딱 그만큼 잃었다. 인터넷이 발달되지 않은 세상에서는 전학만으로도 모든 관계가 물거품이 됐다. 초등학교만 네 군데를 다녔다. 전학을 자주 다니면 아이의 적응력이 치솟지만 눈치도 함께 늘어난다. 지역과 학교마다 성향이 달랐고 거기에 맞추지 못하면 가볍게는 따돌림을, 조금 무겁게는 인종차별도 당했다. 어릴수록 거침없었다. 그런 게 뭔지도 몰랐던 시절의 사건들, 등 뒤에서 들려오던 말 한마디와 눈길 하나가 마음속에 남았다. 어른이 되어 돌아본 어린 나는 좀 외로웠다. 나는 어느새 친구의 마음을 갈구하고 눈치를 보는 사람이 되어 있었다.

관계는 더치페이가 아니다. 꺼내는 마음이 정확히 반반이 되지 못한다는 걸 알면서도 못내 서운해지는 마음은 어찌할 도리가 없다. 마음이 더 큰 약자는, 혼자인 시간에 상대방을 생각한다. 둘의 시간을 곱씹어보고 무슨 실수를 하진

않았는지, 어째서 더 친해질 수 없는지 고민한다. 그러고 나면 달라진 것도 없는데 어째 더 멀어진 기분이 든다. 생각이 쌓일수록 어색하고 어렵다.

나에게도 그런 관계들이 있었다. 나는 사람을 쉽게 좋아한다. 꼭 좋아서가 아니어도, 전학생은 먼저 다가서는 데 익숙했다. 자꾸 말을 걸고 질문을 했다. 술의 힘을 빌려 친한 척도 해보았다. 친구가 있는 가게에도 자꾸 놀러갔다. 한참이나 지난 어느 날 알게 됐다. 그 친구는 그런 나를 부담스러워 했다는 걸. 그 사실은 그 어떤 따돌림이나 인종차별보다 아팠고, 나는 그 가게에 발을 끊기로 했다. 내 애정은 이기적이었고, 내 노력은 상처로 돌아왔다.

새로운 사람들을 만났지만 한동안 인사도 제대로 건네지 못했다. 나는 그쪽을 기억하지만 그쪽은 날 기억하지 못할 거라고 생각하기로 했다. 몰라보는 척하는 편이 나았다. 적어도 부담을 주진 않을 테니까. 마음을 주고 상처로 받느니 아무것도 주고 받지 않는 쪽을 택했다. 더는 소모할 마음이 남아있지 않았다.

그날도 그랬다. 여기저기에 낯익은 얼굴들이 있었지만 인사하지 않았다. 인사할 수 없었다.

상대가 나의 인사를 원하는지 알지 못했고, 원치 않는 인사는 건네지 않아야 했다. 그런데 갑자기 한 사람이 다가와서 말했다. 우리 전에 만난 적 있지 않아? 인사를 안 해서 몰라보는 줄 알았어. 그 순간 마음이 일렁이고 얼굴에 웃음이 흘렀다. 한참 동안이나 이런저런 이야기를 나누었다. 그 친구는 자기도 모르는 사이에 어린 나를 다독였다. 그동안 나는 잘못한 것도 없는데 자괴감으로 뻣뻣하게 굳어 있었다. 우리는 틀려서 어긋나는 게 아니었다. 달라서였지.

어떤 사람과의 약속은 백 번 잡으려 해도 잡히지 않는다. 둘 중 하나가 별로 관심이 없어서 그럴지도 모르겠다. 관심이란 쿠션과 같아서 마음을 던지면 푹신하게 받아준다. 마음의 착륙이 아프지 않다. 쿠션이 그리 커야 할 필요는 없다. 그냥 있기만 하면 된다. 어차피 모든 마음은 작게 시작하니까.

마음의 크기와 상관없이 누구나 외롭고, 신뢰할 수 있는 관계가 필요하다. 서툰 사람들에게는 그 과정이 일상의 큰 뾰루지처럼 느껴지기도 한다. 하지만 인간관계는 처음부터 원하는 대로 형성될 수 없다. 수많은 유형의 사람들에게 나를 맞춘다는 건 결국 자신을 소멸시키는 일이고, 그런 식으로는 제대로 된 관계가 형성되지 않는다. 관계를 튼튼하게 세우기 위해서는 먼저 자신을 단단하게 만들어야 한다. 누구와 어디에 있든 나답게 대화하고 행동할 수 있는 자존감과 자신감이 필요하다.

어려운 일이다. 나는 여전히 눈치를 보고 같은 쪽 팔과 다리가 함께 나가는 어색함을 갖고 사람들을 대한다. 다행히 겉으로 티가 많이 나지 않아서 잘 모르는 것 같다. 나도 낯가려, 라고 말하면 사람들은 재미있다고 웃는다. 모르고 웃는 그 웃음이 싫지 않다. 어색함이 전해지지 않고 나에게만 머문다면 그것도 괜찮다. 오늘도 서툰 내 눈을 보고, 내 마음을 폭신하게 받아주고, 어색한 모습조차 나의 일부분으로 받아주는 사람들이 있다. 그들 덕분에 아픈 날의 어린 나도 별 문제없이 이렇게 컸다.

서투름

너무 능숙한 것보다는

약간 서툰 게 예쁘던데.

마음 끊기

마음을 이음으로 인해 생기는 것이 사랑뿐이었다면

세상의 모든 마음을 만져볼 텐데.

사랑의 탈을 쓰고 침투한 것들은

복잡하고 아프고 이해는 하지만

받아들이기는 어려운 일들이었다.

그렇다 해도 무심할 수 있을까.

마음을 끊음으로 오는 평온함은 평온함일까.

우리

막연한 다독임은 쉽게 사그라든다.

마치 의미 좋은 타로 카드를 뽑고 잠시 홀가분해졌다가

현실은 그것과 아무 상관없이 계속된다는 걸

알아채는 일과 같다.

무책임한 위로보다는

아무리 행복해 보이는 사람도 남몰래 운다는 사실,

거저 된 사람은 아무도 없다는 사실,

우리의 고민이 티끌 하나 다르지 않다는 사실들이

오래도록 기댈 어깨가 되어주곤 한다.

해치지 않아요

방배동에 맛있는 돼지고깃집이 있다. 아니, 있었다. 친한 친구들의 작업실 근처라 한번 가본 적이 있는데, 아쉽게도 주인이 어디론가 멀리 이사를 간다고 해서 급하게 약속을 잡았다. 꼴찌로 도착해서 보니 처음 보는 여자분이 있었다. 기억은 나지 않지만 예쁜 얼굴이었고(난 예쁜 사람을 좋아한다), 타투를 배우는 중이라고 했다. 타투 이름이 뭐예요? 카야예요. 대답을 듣자마자 내 입은 머릿속 모터가 채 돌아가기도 전에 카야잼(싱가폴의 유명한 달콤하고 고소한 잼)!이라고 외쳤고, 그 분은 다행히 하하하 웃어주었다. 옆자리에 앉은 친구가 이 분 랩도 해요, 라고 소개를 덧붙였다.

오오- 〈언프리티 랩스타〉에 출전 안 하세요? 음원도 냈어요? 멋있다, 등 입에서 튀어나오는 말들을 열심히 내뱉고, 동시에 열심히 오겹살과 라면 사리를 추가한 김치찌개를 먹었다.

식사 후에는 작업실로 이동해 유자차를 한잔씩 마셨다. 차를 타주던 친구가 갑자기 룬아 씨는 사람에 대한 편견이 없어요, 라고 말했다. 옆에 있던 다른 친구가 맞장구를 쳤다. 태어나서 처음 들어보는 종류의 칭찬이었다. 칭찬에 어색한 나는, 그래요? 어떤 면이 그래요? 라고 물었으면 참 좋았을 것을, 저도 싫어하는 사람 있어요, 라고 받아 쳤다. 그러자 산뜻한 답이 돌아온다. 싫어하는 사람은 누구나 있죠, 그런데 룬아 씨는 애초에 편견이 없어.

어떻게 보면 나는 편견의 피해자다. 남미에 살던 초등학교 시절부터 인종차별을 당했고, 한국에 돌아온 사춘기 시절에는 여러 가지 알지 못할 이유로 따돌림도 당해봤다. 고등학교에 들어가고부터는 그렇게 극단적인 일들은 없었지만, 날카로운 얼굴형을 가진 덕에 가만히 있어도 오해 받기 십상이었다. 얼굴도 이름도 기억나지 않는 한 남학생은 어느 날 갑자기 나보고 무서운 애라고 했다. 조금 친분이 생기고 나서야 듣는 말은 너 되게 깍쟁이인 줄 알았어, 같은 류의 고백들이었다. 웃지 않으면 화가 났느냐는 질문을 받았고, 덕분에 실제로 화가 나도 제대로 표현할 수 없게 됐다. 언제부턴가 나는 말이 많아지고 목소리가 커지고, 웃음이 많아졌다. 목구멍까지 차오르는 불만이 있어도 입 밖에 내지 않게 됐다. 정작 하고 싶은 말들은 하지 못하고 사는 대신 허당이라는 말을 좋아하게 됐다. 뾰족해 보이는 모습 뒤의 둥근 면을 들키게 해주는 것만 같아서.

동질감일까. 나는 강한 외모의 사람들을 좋아한다. 눈매가 매섭고, 화장이 진하고, 찬바람이 쌩 하고 불 것만 같은 사람들의 눈빛은 종종 온기를 숨기고 있었다. 갖가지 상처가 뒤엉킨 양털 같은 마음은 강하게 치장한 외모를 방패 삼았다. 잘 모르는 사람들에게는 쉽게 다가서지 않았고, 그렇게 서로의 안전한 거리를 유지했다. 하지만 나는 그 안에 담긴 여리고 따뜻한 심성에 감동받곤 했다. 그래서 더욱 그 눈들을 마주하길 원했다.

반면, 어리숙하고 순박해 보이는 사람들을 경계한다. 물론 모두가 그런 것은 아니지만, 사슴 같은 외모와 순진한 말투에 뒤통수 맞은 적이 없지 않다. 한없이 순하게만 느껴졌던 사람이 상식 이하의 고집을 부리고, 이기적인 행동을 하고, 여우 같은 본성을 드러내기 시작하면 그 배신감은 당황스럽다는 말로 표현하기 부족하다. 그것은 어쩌면 외모 때문에 더욱 크게 느껴지는 반전 때문일 테다. 처음부터 그 하얀 피부와 서글서글한 눈매에서 그와 유사한 내면을 기대해서는 안 되는 것이었다.

이것 또한 편견이라면 편견일지도 모른다. 하지만 여러 가지 경험으로 적어도 단순히 외모로 사람을 판단하지는 않게 됐다. 그 외모 때문에 평생 첫인상 좋다는 말 한번 못 들어본 나니까. 나란히 앉은 내 친구는 지나가는 사람에게서도 성격 좋아 보인다는 말을 듣곤 했다. 나는 그 옆에서 우리의 출발선이 다르다는 사실을 깨달았다. 그리고 난 그렇게 판단하며 살지 않기로 했다.

그렇다고 지금의 내가 사람 보는 눈이 생겼다고 자부할 수는 없는 일이다. 인간관계란 상대적이고, 모든 사람을 깊게 사귀어볼 수도 없는 터라서 내 생각을 증명해볼 방법도 따로 없다. 그래도 내 갑옷을 뚫고 진짜 모습을 알아봐줄 사람 정도는 파악할 수 있다. 딱히 더 애쓰지 않아도, 그들 앞에서 나는 진짜 내가 된다. 아무도 해치지 않는 내가.

너의 정의

사람은 변한다.

바람처럼 물처럼 모양 없이 흐른다.

매 순간 쉼 없이.

어제와 오늘의 내가 다르고,

방금 전과 후가 다르다.

정확히 동일한 나는 어디에도 없다.

타인이 보는 나는 순간적이다.

그는 그 정지된 순간들을 모아 나에 대한 정의를 내린다.

그러니 온전히 맞을 리가 없다.

사람과 사람 사이의 이해는

딱 그 정도가 아닐까.

관계의 키

뒤끝이 없는 사람은 연연하지 않는 만큼 배려가 부족하고,

배려가 넘치는 사람은 세심한 만큼 쉽게 서운해 한다.

이 또한 절대적이지 않아서

같은 사람도 누군가에게는 무심한 사람이,

누군가에게는 예민한 사람이 된다.

이 사실을 서로 알아주는 것만으로도

조금 너그러워질 수 있을지 모르겠다.

결핍

결핍이 없는 사람은 결국 혼자가 된다.
아픔을 이해하지 못하기 때문이다.

세상에 완벽한 일은 없고
완벽한 사람도,
완벽한 관계도 없다.
그래서 서로가 필요한 것이다.
부족함으로 점철된 서로가.

외로움

내 마음을 나같이 느끼는 사람이
세상에 단 한 명도 있을 리 없다는 사실은
어쩔 수 없이 외롭다, 몹시.

감정은 겹겹이 들여다보고 파헤치지 않으면
절대로 먼저 너를, 그리고 나를
이해시키지 않는다.

너나 나나

까칠한 사람도, 소심한 사람도, 다혈질인 사람도,

우울한 사람도, 유쾌한 사람도, 친절한 사람도,

지나온 이야기를 들어보면 다 언젠가 어딘가에서는 불쌍한 사람들이었다.

우리는 그래서 모두 안쓰럽고 사랑스럽다.

Grillska Huset

빈틈

친구가 하나 있다. 하나만 있어도 인생 성공한 거라고들 말하는 그런 친구. 우리는 대학 동기다. 햇수로 15년 째가 됐다. 어릴 땐 십년지기라고 하면 대단해 보였는데 너무 빨라 당혹스럽다. 어제나 오늘이나 다를 것 없이 꾸준히 지내다 보니 15년이 거뜬히 채워지고 말았다. 하지만 우리의 15년은 흘러간 시간만의 개념이 아니다. 15년이라는, 다 기억해내지 못할 추억이 묵직하게 쌓였다.

친구와 나는 닮은 구석이 별로 없다. 친구끼리는 닮는다는데 어쩐 일인지 도통 닮아지지 않는다. 난 키가 크고 말라서 다소 날카로운 이미지라 아무 말 않고 있으면 무섭다고 하는데,

THOMY
THOMY
THOMY
RäkOst

친구는 아담하고 얼굴도 동글동글 사랑스러워서 처음 본 사람도 쉽게 다가선다. 식성은 반대에 가깝다. 나는 퍽퍽한 음식을 안 먹는다. 닭가슴살은 물론이고 단팥빵, 찐만두, 두부부침 같은 것도 별로다. 친구는 그런 것만 골라서 먹는다. 말캉말캉한 홍시나 푸딩 같은 건 입에도 안 대면서. 이러니 치킨 궁합은 최고지. 나는 맥주, 친구는 콜라를 마신다.

직업을 생각하는 방식도 다르다. 난 좋아하는 일이 아니면 시간과 에너지가 아깝기만 하다. 자꾸 다른 생각을 하니 견디기 힘들고, 회의감에 빠진다. 반대로 좋아하는 일을 할 때는 호르몬이 날뛴다. 인지도도 쌓고 영향력을 갖고 싶어한다. 욕심 때문에 감정기복이 심해 일희일비는 일상이다. 친구는 큰 회사에 다닌다. 처음부터 원했던 일이 아니어도 최선을 다한다. 워낙 일을 잘하니 회사에서 상도 많이 받는다. 이러다 곧 팀장 되겠다고 하면 두 손을 열심히 젓는다. 그저 지금처럼 자기 자리에서 열심히 하고 인정받으면 그걸로 충분하다고 무거운 직책을 마다한다. 난 맨날 대장 하고 싶어서 못 참고 나서는데.

연애 스타일도 달랐다. 물론 서로 호감이

있어야 하긴 하지만, 난 상대방이 정성과 애정을 쏟으면 내 마음도 덩달아 커지곤 했다. 친구는 정복자 같아서 자기가 좋아하는 사람에게 올인한다. 자기 좋다는 사람은 영 흥미가 안 생기는지, 아무리 잘 해줘도 마음이 생기지 않는다며 스스로 안타까워했다. 그래서 오래도록 퍼주는 연애를 했다. 지금은 언제 그랬냐는 듯이 자기를 사랑해주는 사람을 만나 결혼까지 했다만.

또 뭐가 다르지. 아, 난 양가 첫째로 태어나 남동생이 나타나기 전까지 모든 관심을 독차지하고 컸다. 덕분에 구제불능이었다고 한다. 장난감을 사달라고 떼쓰며 바닥에서 뒹구는 나를 엄마가 일으켜 세우다가 팔이 빠진 적도 있었다고 하니까. 나는 받는 것에 익숙했다. 물려받는 것보다 새 것이 당연했고, 원하는 대로 되지 않으면 힘들어했다. 어쩌면 그래서 내가 하고 싶은 일, 선택한 일이 아니면 그렇게 못 견디는지도 모르겠다. 반면 친구는 세 남매 중 둘째다. 장녀인 언니와, 장남이자 막내인 남동생 사이에 끼인 둘째. 어려서부터 주는 것, 참는 것에 익숙했고 눈치가 빨랐다. 지금도 만나면 종종 내 손에 뭔가를 쥐어준다. 소소하게 주고 받는 것에 대한 기쁨을 이 친구에게서 많이 배웠다.

친구도 이제는 받는 연습을 하고, 무조건 주는 것만이 좋은 게 아니라는 걸 안다. 나는 언제부턴가 받는 걸 잘 못하게 됐다. 챙겨주는 게 마음이 더 편하다는 걸 알았다.

이렇게 다른 사람과 어떻게 둘도 없는 친구가 될 수 있었을까. 아마도 이렇게나 달라서겠지. 반대 모양으로 생긴 퍼즐 조각 같은 것이다. 퍼즐 조각은 경쟁하지 않는다. 서로 빠진 부분을 메워 함께 그림을 완성할 뿐. 우리는 하루도 빠짐 없이 연락해왔다. 가장 시시콜콜한 일상의 구석부터 삶의 기둥 같은 일까지 모조리 나눈다. 매일을 공유하는 관계에는 빈틈이 없다. 우리는 그렇게 15년째 함께 퍼즐을 완성해가고 있다.

퍼즐 조각은 하나일 수도 있고, 여럿일 수도 있다. 많다고 좋은 것도 아니고 적다고 아쉬울 것도 없다. 어차피 줄 마음은 이것 하나고, 줄 시간도 이것 하나뿐이다. 그저 줄 곳이 하나 있다는 것만으로도 빈틈이 가득 찬다.

우리의 시작

사람과 사람 사이에도

때가 있는 것이라서

흐르는 대로 놔두면 언젠가는

알아서 만나련다.

그중 어느 끝에는 네가 있겠지.

사람 사이

오해가 생기지 않는 것만으로도

훌륭한 인연이다.

어떤 나는 몰랐으면 해

나가지 않게 된 모임이 있다. 꽤 오래 알아온 친구들의 모임이었는데, 하나씩 아이를 갖기 시작하더니 어느새 하나둘 빼고 모두 부모가 됐다. 마냥 똑같을 것만 같던 친구들이 각자의 속도로 인생을 이어가고 또 함께 나눌 수 있다는 건 분명 좋은 일이다.

그런데 자꾸 나에게 언제 자기들처럼 애를 낳을 거냐고 묻는다. 내년쯤, 이라고 대충 얼버무리면 더 늦으면 몸이 힘들다느니, 어차피 낳을 거면 빨리 낳으라느니 하는, 인생 선배들의 조언이 데자뷔같이 쏟아진다. 그러면 난 눈꺼풀과 입꼬리가 살짝 낮아진 채로 소심하고 뻔한 방어를 시작한다. 애 키울 돈 없어. 그러자 낳으면 어떻게든 돼, 라는 말이 기다렸다는 듯이 귀에 와서 박힌다. 그래, 그런데 진짜 어떻게? 라고 물어보지만 대기업 맞벌이 부부에게서 듣는 얘기는 별로 설득력이 없다.

물론 궁금하겠지. 끝없이 반복되는 육아 전쟁에 새로운 동지가 생긴다는 사실은 작지만 신나는 소식일 수 있다. 하지만 그 누구도 궁금하다는 이유로 남의 사생활을 캘 권리는 없다. 게다가 탄생에 대한 질문은 죽음에 대한 질문만큼이나 폭력적이다. 만약에 노력 중인데 생기지 않는 거라면? 매달 생리통과 함께 우울증과 자괴감도 함께 겪는 중이라면? 자신에게 일어난 자연스럽고 당연한 일이 남에게도 그럴 거라고 생각한다면 그건 매우 단순한 삶을 살아왔다는 사실을 증명하는 꼴이다. 지나치게 순진한 호기심은 누군가에게는 며칠을 앓게 하는 상처가 될 수도 있다.

자연의 섭리에 무턱대고 맡긴 것도 계획이라면 계획이겠지만 유달리 노력하는 중은 아니어서 상처 같은 건 받지 않았다. 난 임신이 무섭다. 입덧 때문에 회사를 그만두어야 했다는

얘기, 매일 검은 비닐봉지를 들고 통근버스에
올랐다는 얘기, 밤마다 뒤틀리는 속을 부여잡고
모로 누워 눈물을 훔쳤다는 얘기를 들으면
가까스로 잡은 마음도 사라질 지경이다.
한 번도 제대로 들어보지 않은 출산 경험담은
끝까지 모르는 게 낫겠지. 피를 보면 쇼크로
쓰러지는 나에게 자연분만은 상상 자체만으로도
속이 울렁거리는 일이다. 무엇보다 얼마 뒤 하와이
여행이 잡혀 있었다. 장거리 비행을 할 수 없을
지도 모르고, 처음 가보는 하와이에서 서핑도
못 하고 맥주도 못 마시는 건 싫다. 난 아직 이런
사람이다. 고작 여행 때문에 인생 계획을 미루는
철부지.

　　홑몸의 하와이는 멋졌다. 친구들과 실컷 술도
마시고, 서핑도 배우고, 새로 산 비키니 모양으로
살갗도 태우고 돌아오니 다시 30대 중반의 과제와
마주쳤다. 몇 달이 지난 후에도 소식은 없었다.
가벼운 마음으로 동네 산부인과를 찾고서 난 쉽게
임신이 되는 몸이 아니라는 사실을 알았다. 간단한
피검사를 통해 받은 진단은 '다낭성 난소 증후군'.
역시라면 역시다. 내 생리 주기는 평균 30에서
35일 사이로 불규칙한 편이었고, 격렬하지는

않아도 진통제 없이 일상생활이 어려운 정도의 생리통에 시달려 왔다. 심각한 상태는 아니고 흔하게 나타나는 증상이에요, 라고 차분하고 신중한 여의사가 말해주었다. 나보다 훨씬 심한 다낭성 난소 증후군을 가진 친구가 계획 없이 덜컥 임신하기도 했다고 하니 딱히 불임을 걱정할 필요는 없었다. 다만 막상 마음을 먹어보려고 하니 애초에 내가 마음을 먹고 말고와는 상관 없는 일이었더라 하는 점이 허탈했달까.

서양 의학의 도움을 조금 받아보기로 했다. 의사선생님은 배란을 촉진하는 약을 처방해주고 더불어 주사도 놓아주고, 책상에 놓인 작은 달력을 손가락으로 가리키며 이 날은 꼭, 이라고 속삭여준다. 그렇게 두 달째가 되었다. 불안하거나 초조하지는 않다. 실제로 불안해지거나 초조해지기 전에 임신이 되면 좋을 것 같긴 하다.

하지만 그 소망을 입 밖에 내지는 않는다. 아이를 가지려는 중이야, 라고 말하지 않는다. 누가 물어보면 아직 고민 중이고 안 생기면 안 생기는 대로 알콩달콩 둘이 잘 살 거라고 대답한다. 이리도 태만한 입장을 취하는 이유는, 노력했는데도 안 생기면 속상할까 봐, 그렇게 갖고 싶어하던 아이도

아니었으면서 조급해질까 봐. 그래서 비겁하게 모른 척 한다. 그러면서 혹시 임신하면 머리를 마음대로 할 수 없으니 미리 염색을 해야겠다며 미용실 예약을 한다. 애 낳으면 눈썹 그릴 시간도 없다기에 눈썹 문신을 해놓을까도 생각한다. 그런데 얼마 전 결혼식장에서 우연히 만난 지인은 아이 소식을 묻더니, 잘 안 생기니? 라는 한마디를 던지고 유유히 아들과 사라졌다. 집에 돌아와서 며칠 동안이나 발끈했다. 여기까지 다다르면 나도 모르게 감추었던 내 속내를 마주하고 흠칫 마음을 움츠린다. 사람들의 무례한 질문에 무심한 척 대답할 때면 속이 꿈틀거린다. 그래서 적어도 그것보다는 더 원하고 있다는 걸 알아버렸다.

내 자아가 그렇게 못났다. 사람들이 나의 계획을 아는데 임신이 안 되거나 더 복잡한 시술을 받아야 하는 상황까지 가버리는 게 싫다. 임신 여부가 아니라, 쓸데없이 입을 놀려버린 상태가 싫은 것이다. 내뱉은 말을 못 따라가는 사람이 되는 게 싫다. 나의 지극히 사적이고 비밀스러운 사연이 사람들의 가벼운 수다거리가 되는 것도 싫다. 실제로 아무도 내 임신에 관심이 없고, 설령 있다고 한들 내가 그 기대를 채울 필요가 전혀 없다는 걸 알면서도. 이렇게 인간의 힘으로 되지 않는 일에 있어서 마저 의무감을 느끼는 나 자신이 못내 밉다.

그래서 나는 오늘도 거짓말을 한다. 방금 전 산부인과에서 주사를 맞고 나왔으면서 아무 일 없는 척 한다. 조금 이상한 것은, 친구들한테도 잘 하지 않는 얘기를 어째서 여기에는 이리도 솔직하게 쓰는 것일까. 그건 내가 당신을 모르고 당신이 나를 모르기 때문일 것이다.

너와 나의 연결고리

인터뷰이를 고르는 기준이 뭐예요? 잡지사에서
일하는 에디터가 물었다. 제 맘이죠, 라고 농담
투로 대답했는데 사실 농담이 아니다. 혼자
일해서이기도 하지만 명확히 정리한 기준 같은
것 없이 마음 가는 인물을 섭외하곤 했다. 굳이
설명하자면 기본적으로 창의적인 일을 하는
사람이어야 하고, 갓 태어난 크리에이터보다는
이야기들이 조금 묵혀져서 깊이가 있는 듯한
사람을 택한다. 좋겠어요, 에디터가 말했다.
관심 있는 사람들을 인터뷰할 수 있어서. 아,
회사에서는 다르지. 처음 알게 된 인물을 급하게
공부하고 인터뷰해야 하는 경우들이 많겠구나,

싶었다. 내가 인터뷰를 일처럼 느끼지 않는 이유가 거기에 있을지도 모른다는 생각이 처음으로 스쳤다.

언론사를 다녀본 적이 없어서 보통 어떤 식으로 일하는지 잘 모른다. 약 반 년 동안의 어디 내놓기 창피한 인터뷰들을 하고 난 후에야 나의 패턴을 찾기 시작했다. 허구한 날 하는 게 염탐이다. 모두 SNS를 통해 자기 일을 홍보하고 일상을 공유하는 덕에 직접 발로 뛰지 않아도 책상 앞에서 남의 삶을 엿보기 쉬워졌다. 어떤 상품을 새로 만들었고, 누구와 어떻게 살고, 어떤 커피를 즐겨 마시는지 본인이 허락한 만큼 알 수 있다. 한참을 들여다보다 어느 순간 마음의 준비가 되면 드디어 섭외 메일을 쓴다. 댓글을 잘 다는 편이 아닌 나는 약간 스토커 같다. ('좋아요'는 잘 눌러요.)

〈더콤마에이〉의 인터뷰는 일도 일이지만 사람 얘기를 많이 한다. 난 그 사람 자체, 곧 그가 살아온 시간이나 생각하는 방식이 궁금하다. 단순히 작업 홍보나 하면 서로 간단하고 편하겠지만 그런 건 뭐 하러 해. 그래서인지 〈더콤마에이〉 인터뷰는 수다스럽고 어렵다. 한두 시간 정도 인터뷰 같지 않은 대화를 나누다 보면 준비해 간 질문지도 끝을 보인다. 시간 가는 줄 모르게 열심히 제 이야기를 쏟아놓은 인터뷰이는 이렇게 두서 없이 한 얘기가 어떻게 정리되느냐고 묻는다. 나는 싱긋 웃고, 돌아와서 초고를 쓰기 위해 녹취된 목소리를 들으며 소리 내어 웃기도, 그 날을 그리워하기도 한다. 그리고 얼마 지나 완성된 기사를 웹상에 올림과 동시에 인터뷰이에게 링크를 보내준다. 그러면 열에 아홉은 말끔히 정리된 수다 한판을 읽으며 신기해하고 뿌듯해했다. 이 모든 과정은 자연스럽고 친근하고 편안하다. 딱히 의도한 노하우 같은 것은 없다. 나는 사람이 궁금했고, 말이 많았을 뿐이다.

사실 인터뷰는 조금 무서운 이야기다. 정제되지 않은 순간의 생각들이 내뱉어지고, 그것들은 장기간의 기록으로 남는다. 기사가 쓰이는 동안 인터뷰이도, 나도 조금씩 변한다. 조금 지나 돌아본 자신은 그 시간만큼 더 어리다. 사람들은 어쩔 수 없이 '지금'보다는 조금 어린 이야기를 듣는다. 하지만 순간을 가장 솔직하게 담았기에 투명하게 빛나는 이야기들이다. 가장 미숙하고 완벽한 이야기들.

인터뷰를 할 때, 간혹 막연한 질문을 던질

때가 있다. 아마 그런 질문을 기대하지 않았을
인터뷰이는 말을 멈추고 잠시 고민한다. 그 짧은
정적을 만들 수 있음이 즐겁다. 인터뷰이가 자신을
돌아볼 시간을 주고, 결국 그가 찾은 대답에 나도
자신을 비춰본다.

한 명의 인터뷰이를 만날 때마다 내 안에
한 사람이 태어나거나 깨진다. 우리는 정말이지
겉으로 보이는 모습만으로는 타인의 무엇도 알 수
없다. 추측이란 바보 같은 짓이다. 하지만 나도
어쩔 수 없이 아직 만나기 전의 인터뷰이를 함부로
상상하고, 생각하지 못한 대답을 듣고 나서야
정신을 차린다. 질문이 어딘가 잘못되었음을
알아차릴 때면 내 작은 세계가 하염없이
창피해지기도 한다. 한편 서로 모르는 사이에 친한
친구에게서도 받지 못한 다독임을 주고받기도 한다.

더 이상 비가 오지 않는 여름날, 올해 들어
가장 마음이 힘들었던 주에 인터뷰가 잡혔다.
그런 상태로 인터뷰를 하는 게 예의가 아닐지도
모른다는 생각도 했지만 기분 탓에 할 일을 미룰
수는 없었다. 아침 일찍 한적한 골목길을 지나는
동안 오랜만에 느껴보는 평화로움과 소박함에
기분이 한결 나아졌다. 쇼룸에 들어서니 예정된

방문을 기다리듯 풍기는 커피 냄새에 마음이 가라앉았다. 두 아이의 엄마이자 한 회사의 대표인 인터뷰이와 둥근 테이블에 마주 앉아 가볍게 인사를 나누고, 준비했던 질문을 하는 동안 머릿속이 말끔히 비워졌다. 그 자리에는 인터뷰어로서의 나만 존재했다. 역시나 또 실컷 수다를 떨고, 근처의 갓 오픈한 카페에 들러 일본식 점심식사를 했다. 아직 정식 메뉴로 등록되지 않은 연어구이의 맛이 정말 좋았다. 마치 인터뷰의 연장인 듯 아닌 듯 육아에 대한 고민, 진로에 대한 고민들을 주고 받았다.

집에 돌아오는 나는 집을 나서던 나와 달라져 있었다. 휴대폰에 알림이 떠서 보니 인터뷰이가 인터뷰했던 이야기를 SNS에 올린 모양이다. 분명히 지치고 힘든 때가 있었는데 잘 기억이 나질 않고 마냥 즐겁고 감사하다고 대답하는 자신이 있었다며, 스스로 칭찬하고 위로할 수 있는 시간이 되어 고맙다는 내용이었다. 인터뷰하는 내내 위로 받고 있다고 느꼈는데, 그녀 역시 그랬다고 하니 내가 받은 것이 곱절이 된다. 내 마음은 그렇게 완쾌됐다.

〈더콤마에이〉는 느리다. 혼자이기 때문이다.

리서치부터 섭외, 기획, 취재, 촬영, 편집 등 전 과정이 내 손에 달려있다. 혹시라도 내가 아프거나 기분이 별로이거나 바쁘기라도 하면 인터뷰는 줄줄 늘어지고 만다. 이런 식으로 운영되는 매체는 아마 어디에도 없을 것이다. 정말 미련하다. 객원 기자를 채용해서 간단하게 해결할 수 있는 문제지만 그렇게 하지 않는다. 몸집을 키우거나 속도를 내는 게 목적이 아니기 때문이다. 그런 건 나중에 해도 늦지 않다. 지금은 내가 직접 사람들을 만나고 싶다. 그때마다 변화하는 나를 느끼고 싶다. 인터뷰이들은 내가 다 겪어볼 수 없을 세상에 내는 하나하나의 작은 창과도 같다.

인터뷰는,
타인을 평가하기 위해 읽는 게 아니라
타인의 이야기에서 '나'를 발견하기 위한 것.

마이 네임 이즈

나는 호칭이 정말 많다. 아내나 딸같이 평생
가는 호칭 말고 이리저리 줏대 없이 바뀌는
직업인으로서의 호칭이.

연희동에 카페 '더콤마에이'를 열자 사람들은
자연스럽게 나를 '대표님'이라고 부르기 시작했다.
사업자등록증도 있고 가게도 있고 하니 그게 사뭇
당연한 듯했다. 장난이 고픈 친구들은 카페로
들어서며 걸쭉하게 '서 사장'을 찾았다. 마담이라고
하지 않은 걸 고마워해야 할지도 모르겠다.
문 닫은 지 몇 해가 지나도록 여전히 사장이라고
부르는 친구도 있다. 그 친구에겐 그게 내 이름과도
같은 것이겠지.

온라인에서 활동하니 '실장님'이라는 호칭이 생겼다. 딱히 관리하는 '실'도 없지만 애매하면 제일 만만한 게 실장인 모양이다. 출판사와 미팅할 때는 '작가님', 학교에 가면 '교수님' '선생님' '멘토님' 등 제 각각의 호칭으로 날 불렀고, 또 다른 학교에서는 연구원 또는 학생이 됐다. 기를 세워주려는 친구들이 '박사님'이라고 할 땐 듣는 사람도 없는데 서둘러 입단속을 시켰다.

제일 고민을 많이 했던 때가 바로 첫 개인 명함을 만들 때였다. 크리에이티브 디렉터라고 썼다 지우고, 스토리텔러라고도 썼다가 지웠다. 스스로 그렇게 표현한다는 게 어쩐지 조금 남사스러웠다. 그래도 자기소개는 때와 기분에 따라 마음껏 달리 할 수 있지만 타인이 나를 부르는 호칭은 어찌할 도리가 없다. 난 대표도 아니고 교수도 아니다. 아무것도 없는데 자꾸만 따라오는 거대한 호칭들이 부담스러웠다. 내가 내 호칭을 못 따라가는 것 같아서, 나에게 씌워진 지붕에 비해 턱없이 빈약한 주춧돌을 발견한 것만 같아서 매번 두 손 열심히 흔들며 그 부름을 사양했다.

하지만 지금은 굳이 애써 사양하지 않는다. 그 무게를 받아들여서가 아니라 그 안에 별 무게가

실려있지 않다는 걸 알기 때문이다. 호칭은 부르는 사람 마음일 뿐. 모두 자기가 익숙하고 부르기 편한 걸로 골라잡는다. 균일한 환경 안에서 굳이 정직한 표현을 찾는 게 더 부담스러운 일이다. 우리나라에서는 어색하다는 이유로 유일하고 고유한 호칭, 바로 이름을 뺀 나머지 것들로 부른다. 그러니까 그것은 마치 대명사 같은 것이다. 투명하고, 가볍고, 먼지 같다. 내 자리에서 최선은 다해야 하지만 그건 오롯한 나의 몫이지, 다른 이들의 기대치를 채우기 위함은 아니다. 수많은 호칭들은 아무 의미 없이 우리의 대화 사이를 둥둥 떠돌다가 사라져버린다.

새로 만든 명함에는 호칭을 생략했다. 라벨을 달면 그 안에 갇혀버릴 것만 같아서. 어차피 팔레트 위에 섞인 물감 같은 삶이다. 보는 사람에 따라 다홍색이기도, 벽돌색이기도, 밤색이기도 한. 거기에 갑자기 푸른 물감이 더해지면 명칭을 알 수 없는 색이 된다. 그러니 단정지을 수가 없다. 그럴 필요도 없다. 누가 어떻게 부르든 나는 그냥 나다.

15 8

침묵

열었던 입을 다시 닫는 나를 조금 더 자주 발견한다.

말해놓고 하는 후회보다

말하지 못해서 하는 후회가 차라리 낫다는,

나이 들어버린 마음 때문이겠지.

언어

언어란 언제나 그것을 쓰는 사람만의 몫이라서,

그 인생을 직접 살아보지 않고서야

그 말을 완벽하게 이해할 수 없다.

우리는 끊임없는 추측과 오해와 해명 안에 뒤섞여 산다.

생존 수영법

지난 9월, 에필로그라는 것을 썼다. 이 정도면 나를 웬만큼 보여주었지 싶었다. 빨리 책이 나왔으면 싶기도 했고. 그리고 그게 정말 마지막 원고가 될 줄 알았다. (이쯤에서 콧방귀를 뀐다.)

원고를 쓰기 시작한 지도 1년이 넘어버렸다. 이렇게 오래 걸릴 일이 아니었으나, 바쁜 일들로 인해 치즈처럼 주욱 늘어져버렸다. 지난 1년은 내 인생 통틀어서 가장 많은 변화가 있었다고 해도 틀리지 않을 것 같다. 그리고 그 변화를 담을 수 있어서 차라리 잘 되었다고 생각한다.

돈과 직업, 내 위치에 대한 고민과 불안은

여러가지 일들을 맡게 되면서 자연스럽게 해결됐다. 아니 해결되었다기보다 배웠다고 하는 편이 낫겠다. 연구 재단의 지원사업에 떨어지는 대신 서울 중심부에서 전시를 할 수 있게 됐고, 교수직에 떨어지는 대신 워크숍 기획 팀장을 맡아 주 3일 출근이란 것을 하게 됐다. 논문을 쓰고 학위를 따는 대신 멋진 동업자와 새로운 출판 사업을 논하게 되기도 했다. 그렇다 해도 보장된 것은 아무것도 없다. 달라진 것은 내 마음이다. 이제는 불안을 들이지 않는다. 눈 앞의 문이 닫히면 반드시 다른 문이 열렸고, 나는 열심히 밀어보기만 하면 됐다. 결과는 항상 계획했던 것보다 더 나은 쪽이 열리는 것으로 나왔다. 나는 내 삶의 패턴을 믿는다. 이제는 감사하고 기다린다.

산부인과에 발을 끊은 지도 오래다. 아직 열리지 않을 문에 자꾸 노크해봤자 힘들어지는 건 내 쪽이다. 포기한 것은 아니지만 지레 기대하지도 않는다. 분명 나의 계획보다 더 나은 때가 있을 것이다. 항상 그때가 되어서야 깨닫곤 했다. 아, 그렇게 괴로워하지 않아도 되었을 텐데. 이제는 먼저 괴로워하지 않기로 했다. 아이가 있는 삶,

아이가 없는 삶, 아무리 상상하고 고민해봤자 마음대로 될 리 없다. 나는 두 팔과 다리에 힘을 풀고 심호흡을 하며 물 위에 둥둥 떠서 흘러간다. 이걸 '생존 수영법'이라고 한다.

에필로그의 일부였다. 갖은 끝맺음이 지나가고, 당분간의 생활은 저런 모습으로 이어질 거라 확신했다. 많은 것들이 마음에 드는 모양새로 자리를 찾았고, 이제 와서 크게 흔들릴 일은 없어 보였다. 파일을 저장하고, 압축해서 편집자에게 메일로 전송했다. 9월 5일 늦은 시각이었고, 과제를 하나 마무리했다는 후련함으로 남은 밤을 보낼 생각이었다. 남편은 건넛방에서 여느 때처럼 기타를 치고 있었다. 다음 날 오전에 예약한 건강검진 때문에 일찍 잠자리에 들어야 한다는 사실 외에는 특별할 것이 없었다. 이를 닦기 위해 화장실에 들어섰다. 칫솔에 치약을 짜놓고 나니 아, 내일 검진하러 가면 임신 가능성 여부를 물어보겠지, 라는 생각이 스쳤다. 정신 없는 병원에서 검사를 받기는 너무 번거로웠고 그런 일 없다는 확실한 대답을 미리 준비해놓고 싶어졌다. 변기 앞에 쌓여있는 테스트기를 하나 집어 들었다.

별로 마렵지 않은 소변을 졸졸 묻혀서 뚜껑을 딸깍, 끼운 후 어디엔가 던져놓았다. 2분 정도 이를 닦고 테스트기를 확인하는데 응? 이게 무슨 일. 한 번도 나타난 적 없던 두 번째 줄이 희미하게, 하지만 분명하게 드러나 있었다. 설마. 남편에게 가서 보여주니 이게 두 줄 맞아? 한다. 하긴 네가 나보다 잘 알 리 없겠지.

오래도록 기다린 갑작스러운 소식에 기쁘기보다는 어리둥절했다. 5천 원짜리 테스트기를 믿을 수가 없었다. 아침에 병원에 도착하니 어김없이 임신 가능성을 묻는다. 음, 확실하진 않은데 두 줄을 본 것 같아요, 라고 하니 다시 소변검사를 하자고 한다. 결과를 기다리는 동안 엑스레이와 내시경을 제외한 검사들을 진행했다. 채혈하는 남자 의사가 차트를 보더니 임신했어요? 라고 묻길래 아직 결과 기다리는 중이에요, 라고 답했다. 의사가, 임신한 얼굴인데? 라고 해서 조금 웃겼다. 그리고 소변검사 결과는 또 '양성'이었다. 검진을 반밖에 못 받았는데 비용은 고스란히 내고 나왔다.

원체 리액션이 없는 남편은 웃지도, 울지도 않았다. 아주 약간 들떠 보이기는 했으나 너 신나

보인다고 하니 부인했다. 나는 여전히 소변검사 결과를 믿기 어려웠고(테스트기 원리와 다를 게 없으니) 다니던 산부인과에 가서 피검사를 해달라고 했다. 오랜만에 본 의사 선생님은 임신을 해서 오셨네요, 라며 기쁘게 맞아주었다. 그리고 피검사는 해주지 않고 일주일 뒤에 오라는 아쉬운 약속만 잡았다. 그 일주일 사이에 테스트기를 몇 개나 썼는지 모른다. 이렇게까지 운을 띄워 놓고 혹시라도 아니면 그 실망감을 감당할 수 없을 것 같아 고집스럽게 믿지 않았다. 점점 짙어지는 두 줄을 보고서야 팽팽하던 마음을 조금씩 놓아주었다. 하염없이 길었던 일주일 후, 초음파로 콩알만 한 아기집을 보고 나서야 임신을 확신했다.

처음으로 두 줄을 확인한 순간은 아직도 기억에 남는다. 다른 게 아니라 에필로그를 쓴 직후라서 그렇다. 그 어느 때보다 마음이 편했고, 욕심이 없었다. 많은 테스트기를 써보았지만 그렇게 가벼운 마음으로 확인했던 적이 없었다. 문득 냉방병에 걸린 줄 알고 감기약 '테라플루'를 들이키고 잤던 기억, 삼겹살을 먹는데 소주가 너무 써서 한 모금도 마시지 못했던 기억 등이 떠올라

신기해졌다. 오래 기다렸지만 가장 기다리지 않은 순간에 와주었다. 그래서 더 놀랍고, 재미있고, 소중했다. 아기의 태명을 '깜짝이'라고 지었다.

가끔은 인생이 나를 선택한다는 생각을 한다.
그것은 그것대로 괜찮지 않을까 싶다.

너의 의미

임신을 확인한 건 개강 직후였다. 박사 수료(졸업이 아님)까지 한 학기를 남긴 터라 많지는 않아도 강도 높은 수업들이 시작됐다. 물론 난 그것만으로는 부족하다고 생각하는 무리형 인간이라, 크리에이티브 워크숍을 기획하는 일에 참여하기로 했고 그 역시 비슷한 시기부터 출근하기로 되어 있었다. 벅찬 일정이었다. 월요일은 풀 강의, 화/수/금요일은 출근, 목요일엔 과제, 주말에는 내내 논문을 써야 했으니까. 어떻게든 되겠지. 조금 겁은 났지만 만족스러웠다. 그런데 덜컥 임신이 됐다.

큰 사건이지만 계획을 수정할 정도는 아니었다. 공부나 일이나 어차피 다 책상에 앉아서 하는 일이었고, 너무 스트레스 받지 말아야겠다고 생각했다. 임신 6주, 딱히 몸이 불편하진 않았다. 맥북 에어를 칸켄백에 넣어 메고 다녔다. 출퇴근은 편도 1시간, 통학은 편도 1시간 반이 넘게 걸리는 거리였지만 나에겐 촌스러운 핑크색 임신부 배지가 있었고, 야무지게 같은 색 좌석을 찾아 앉았다. 그래도 조심하라고 해서 천천히, 또 천천히 움직였다.

퇴근길에 친구를 만나 저녁을 먹기로 했다. 임신하니 확실히 피로가 쉽게 쌓였지만 원래도 잘 피곤해하는 편이라 익숙했다. 30분 정도 이동해 합정역에서 닭 한 마리를 두둑하게 먹고는 남편 차를 타고 귀가했다. 저녁만 먹었을 뿐인데 유독 더 피곤했다. 침대에 누워 쉬다가 소변이 마려워 화장실에 갔는데 거기서 일이 터졌다. 진한 갈색혈이 톡, 톡. 목구멍에 걸려 나오지 않는 목소리로 여보!!! 라고 몇 번 소리치자 놀란 남편이 방으로 뛰어들어 왔다. 속옷에 묻은 진한 혈흔을 보여주고 덜덜 떨며 침대에 누웠다. 남편이 급하게 검색해보더니 갈색혈은 초기에 흔히 있기도 한 일이라며 안아주었다. 새빨간 피만 아니면 괜찮다고 했다. 두려움과 안도감에 휩싸여 엉엉 울었다. 노트북을 메고 한두 시간씩 이동하며 친구와 저녁 약속을 잡으면 안 되는 거구나 싶었다. 아기에게 미안해졌다.

병원에서는 자궁에 피가 고였다며 안정을 취하라고 했고, 엄마는 조심스럽게 휴학을 권유했다. 마침 모든 일들이 벅차게 느껴지던 터라 선뜻 받아들여지지 않으면서도 내심 반가웠다. 꽤 오래 전부터 내 2세 계획을 알고 계시던 교수님은 내가 사정을 말씀 드리고 휴학계를 내자 축하와 함께 서명을 해주셨다.

마침 추석 연휴가 시작되어 열흘 내내 아무 것도 하지 않고 누워있을 수 있는 기회가 생겼다. 그야말로 척추가 없어질 정도로 누워만 있었다. 하지만 몸 상태와 상관없이 불안은 쉬이 가시지 않았다. 악몽을 자주 꾸었다. 꿈속에서 무언가에 쫓기고, 괴물 같은 것이 나타나고, 누군가가 아이를 잃었다. 하루하루가 고비처럼 느껴졌다. 가슴 통증 정도로 임신이 유지되고 있다는 사실을 스스로에게 확인시켰다. 입덧이 시작되면서 먹을 수 있는 음식이 거의 없었고, 배가 당기거나 쑤시고 쉽게 피곤해졌다.

연휴 끝에 찾은 병원에서 고인 피가 다

흡수되었다며 기쁜 소식을 알려주었다. 이제 일주일에 3일만 일하면 됐다. 스타트업이라 바쁘고 정신 없는 분위기이긴 했으나 스트레스를 받을 정도는 아니었다. 가장 힘든 건 퇴근이었다. 일을 마친 뒤에 지하철과 버스에 실은 몸은 헌신짝처럼 너덜너덜했다. 어떻게 집에 도착하는지 알 수가 없고, 씻지도 못한 채 기절해서 잠드는 밤이 늘어났다. 그래도 일하는 다른 임신부들에 비하면 주 3일은 불평할 것이 못 됐다. 이 정도라도 감사한 일이었다.

사실 임신 전부터 친구들과 준비하던 사진전이 있었다. 다행히 혼자가 아니라 문제없이 진행이 됐고, 임신 소식을 안 뒤로는 친구들이 더욱 열심히 해줬다. 그래도 내 몫은 내 몫이어서 사진을 고르고, 인쇄하고, 미팅을 다녔다.
그 정도 노동을 투자해서 전시를 올릴 수 있다는 사실 자체가 감사했다. 토요일 오후로 잡아놓은 오프닝이 다가왔고 출근하지 않는 목요일에 설치가 시작됐다. 나는 함부로 움직일 수가 없으니 건장한 아르바이트생 한 명을 고용했다. 책상에 앉아 사소한 칼질을 하는 동안 친구들과 아르바이트생은 인쇄물을 픽업하고, 거치대를 옮기고, 시트지

작업을 하고, 영상을 틀고, 케이터링을 준비했다. 일은 밤 9시쯤이 되어 끝났다. 물론 피곤했고, 피곤해서 불안했다. 이번 주만 잘 넘기자 하고 스스로를 다독였다.

금요일, 출근. 지갑을 깜빡 해서 허둥지둥하며 조금 지각했다. 대표가 몸은 어떠냐고, 조심해야 한다고 인사를 건넸다. 힘들지만 괜찮아요, 라고 불안을 감춘 대답을 하고 양수에 좋다는 루이보스 차 한 잔을 우렸다. 자리에 앉아 몇 모금 마시는데 갑자기 밑에서 왈칵, 하고 뜨뜻한 무엇이 쏟아져 나와 바지를 적셨다. 마침 검은 바지를 입고 있어서 알 수가 없었다. 가슴이 빠르게 두근거리기 시작했다. 어기적거리는 걸음으로 근처 화장실을 찾았다. 바지를 벗는 동안 급하게 기도했다. 하지만 속옷을 보니 빨간 피가 손바닥만큼 흥건하게 젖었고, 주저앉은 변기 속 물 역시 빠른 속도로 빨갛게 물들기 시작했다. 정신이 혼미해져서 남편에게 전화를 걸었다. 너무 숨이 가쁘고 심장이 터질 것 같아 말을 짧게 끊어서 했다. 나, 피가, 너무, 많이 나. 남편은 주문한 점심식사가 채 나오기도 전에 일어나 택시를 잡아탔고, 나는 회사 대표와 전시를 설치하고 있는 친구에게 전화해서 상황을 알렸다. 간신히 옷을 챙겨 입고 나와 사무실 소파에 누웠다. 남편을 기다리는 동안 엄마, 친구, 목사님과 통화하며 하염없이 울었다. 다 내 욕심 때문이다. 그깟 일이 뭐라고, 전시가 뭐라고.

한참 후에 남편이 도착해서 날 일으켜 세웠다. 몇 발자국 걷자 또 왈칵, 하고 뜨겁게 쏟아지는 느낌이 들었다. 못 걷겠어 하고는 통로에 그대로 누웠다. 응급차를 부르자 몇 분 되지 않아 구급대원들이 도착했고, 생애 처음으로 들것에 실려 대학병원 응급실로 실려갔다. 밖으로 나오자 햇빛이 너무 세서 손바닥으로 감은 눈을 가렸다.

수액을 맞으며 진료를 기다렸다. 소변이 너무 마려웠지만 움직일 엄두가 안 나 계속 참았다. 초음파 보기 전에 방광을 비우라고 해서 다행이었다. 탈의하는 동안에도 피가 흘렀고, 두려움에 몸이 덜덜 떨렸다. 제발, 제발 아기만은. 모니터는 의사만 보이는 방향을 향해 있었다. 의사는 30초 정도를 아무 말 없이 화면을 들여다 보았다. 안달이 나서 물었다. 아기는요? 억겁 같은 시간이 지나자 의사는 모니터를 보여주며 말했다. 아기는 문제 없어요. 통통 뛰면서 놀아요.

눈물이 줄줄 흘렀다. 그 뒤로 의사가 뭐라고 하는지는 하나도 기억이 안 나고, 훌쩍훌쩍 울기만 했다. 남편이 기다리고 있는 침대로 돌아와 남은 수액을 마저 맞았다. 놀란 가슴이 그제야 풀려, 베개에 얼굴을 파묻고 응급실이 떠나가라 엉엉 울었다. 그렇게 우실 정도는 아니에요, 라고 의사가 건조하게 말했다.

하혈은 멎었지만 절박유산 진단을 받았고, 결국 휴직하기로 했다. 대표는 한 달이든 두 달이든 쉴 만큼 쉬었다가 연락을 달라고 했다. 그토록 하고 싶었던 사진전은 어떻게 올라갔는지, 오프닝에도 참석하지 못했다. 전시는커녕 밥을 먹기 위해 앉는 것도, 샤워를 하기 위해 서는 것도 무서웠다. 집 앞 슈퍼에도 갈 수 없었다. 먹고 싶은 게 있으면 남편이 퇴근할 때까지 기다렸다. 너무 움직이지 않아 몸의 근육이 다 빠져나갔다. 폐인 같은 생활이었지만 아기를 지키기 위해서는 선택의 여지가 없었다.

전시는 2주 가량 이어졌다. 작가들의 인터뷰를 따야 한다고 해서 철거 직전 토요일 저녁에 전시장에 들렀다. 남편이 운전하는 차를 타고 가는데도 1시간의 이동은 견디기 힘들었다. 그래도 막상 도착하니 오랜만에 친구들을 만나서인지 몸이 가뿐해졌다. 촬영 감독이 시키는 대로 2시간 정도의 촬영을 마치고, 친구들이 근처에 기가 막힌 족발집이 있다며 가자고 했다. 그래도 될지 알 수가 없었다. 밥 한끼 먹으려다가 괜한 꼴을 보기는 싫었다. 그래도 2주나 쉰데다 딱히 불편한 구석은 없었고, 무엇보다 남편이 족발을 너무 좋아해서 그동안 고생한 걸 생각해서라도 맛보게 해주고 싶었다. 전시장 조명을 끄고 출발하기 전에 화장실에 들렀다. 그런데 웬걸, 또 갈색혈이다. 이젠 놀랍지도 않았다. 족발은 무슨. 바로 귀가해서 누웠다.

하혈은 다음 날도, 그 다음 날도 계속됐다. 화장실 트라우마가 생길 지경이었다. 병원에 가니 오랜 출혈은 좋지 않다며 양수가 새는지 검사를 해보자고 했는데 젠장, 양성이라며 큰 병원에서 진료 받고 입원을 하란다. 세브란스에 예약을 잡고 또다시 두려움에 휩싸였다. 이제야 알게 됐지만 양수가 새는 건 하혈보다 더 위험한 일이었다. 큰 병원은 시스템도 복잡하고 대기도 오래 걸렸다. 내 차례를 기다리는 동안 둘러보니 배가 산만한 임신부들이 성큼성큼 돌아다녔다. 그 순간만큼은 그 모습이 제일 부러웠다. 다행히 재검은 음성으로

나왔고, 입원을 할 필요 없다고 했지만 완전한 휴식을 원했던 나는 이틀만이라도 수액을 맞으며 병원밥을 먹고 싶다고 했다. 하지만 남은 병실은 하루에 150만원을 육박하는 특실. 달콤한 호떡을 하나 사서 입에 물고 귀가해서 침대에 누웠다.

그 뒤로도 일주일을 꽉 채우고 나서야 피가 멎었다. 하필 자궁 경부 쪽에 피가 고여서 계속 흘러나오는 것이라고 했다. 그것보다는, 어떻게 2주나 누워있다가 조금 외출했다고 또 피가 고일 수 있는 거냐고. 해도 해도 너무한 거 아니냐고. 열 달 내내 누워 지내는 임신부들이 있다고는 들었는데 그게 설마 나였냐고. 휴직마저도 사치였다. 결국 퇴직을 선택했다.

겨울이 오고 첫눈을 집에서 맞았다. 워낙 외출을 하지 않아서 날씨가 얼마나 추워졌는지 몰랐다. 첫눈치고 꽤 많이 내렸고, 아기에게 보여주기 위해서 베란다로 나갔다. 맨발에 느껴지는 서늘한 타일 바닥이 숨통을 터주는 것 같았다. 아기와 함께 첫눈을 느낀다고 생각하니 행복감이 밀려왔다. 혼자 보는 것과는 달랐다. 조금이지만, 분명히.

아기를 지키기 위해 모든 것을 내려놓았다. 학업은 중단되어 언제 다시 돌아갈지 알 수 없었고, 워크숍 기획은 제대로 시작도 못했는데 그만두어야 했다. 지인과 만들기로 한 잡지도 무기한 연기됐다. 오랫동안 고대하던 전시는 한 것 같지도 않게 끝이 났다. 한편, 짬 내서 써야 했던 원고에 충분히 집중할 수 있게 됐다. 갑자기 두 군데의 출판사에서 새로운 메일이 도착했다. 모두 침대에 비스듬히 앉아서 할 수 있는 일이었다. 깜짝이가 복덩이인가 봐, 라고 누군가가 말했다.

더 이상 포기할 것이 남아있지 않다고 생각했다. 그래도 가장 소중한 것을 지켜냈으니 되었다고. 아기 덕분에 아주 오랜만에 심심하다는 느낌이 어떤 것인지도, 계절이 오고 가는 것도, 비움에도 무엇인가 담겨있다는 걸 알게 됐다. 그것만으로도 충분하고, 엄마가 되어가는 경험도 가치 있다고 생각했다. 그런데 아기를 위해 포기한 그 자리에 다른 가능한 것들이 조금씩 들어와 채워졌다. 적당히 늦잠을 자고, 아기와 대화도 하고, 조금이라도 피곤하면 누웠다가 다시 일어나 앉아 나의 이야기를 써내려 갈 수 있는 일들이. 조금은 느려도 더 단단하고 차분하게 다가올 일을 준비할 수 있는 시간이. 임신은 나에게 하나의 생명만 가져다 준 게 아니었다. 엄마만 아기를 지키는 게 아니었다.

나도 곧 다시 태어나게 될 것만 같다.

넘쳐도 부족한 것

내가 임신한 후 엄마는 매일같이 전화를 한다.
딱히 용건이라고 할 것도 없다. 밥은 먹었는지,
화장실은 갔는지, 목소리가 왜 그런지, 집은 안
추운지. 하루가 멀다 하고 병원을 들락날락하며
난리 부르스를 춘 내 탓도 있긴 하지만, 엄마는
언제나 조금 넘치는 타입이었다. 백화점에 가서도,
홈쇼핑 방송을 보다가도 한 번씩 전화가 온다. 엄마
이거 살 건데 너 안 필요하니? 응, 괜찮아 엄마.
이거 써보니까 좋던데 너 하나 보내줄까? 아냐 됐어
엄마. 내 입에서는 그만, 거기까지, 됐어, 괜찮아
등의 말들이 습관처럼 나왔다. 그럼에도 불구하고
의지할 수밖에 없는 장르는 바로, '김치'다.

난 엄마의 무생채무침을 정말 좋아한다. 음식을 잘 한다는 식당에 가서도 엄마가 한 것과 같은 무생채를 맛본 적이 없다. 가끔 친정에 갈 때마다 무생채와 깍두기를 담아오는데, 엄마는 거기에 배추김치, 파김치, 열무김치, 과일, 육개장, 칫솔, 제습제 등을 한껏 얹어준다. 입도 짧은 데다가 주로 혼자 밥을 먹는 내가 그걸 다 먹을 수 있을 리가 없다. 엄마도 그걸 모르지 않는다.

하루는 엽산이 풍부한 음식을 먹어야 한다며 골드키위 한 팩을 사서 보내셨다. (물론 그것만 보낸 건 아니다.) 과도로 한 알 까먹어보니 달콤했다. 키위 맛있네, 라고 했더니 그 다음 날 네 팩을 더 보내왔다. 무슨 말을 못 하겠다. 사실 난 귀찮아서 깎는 과일을 잘 안 먹는다. 그래서 참외, 배, 복숭아 같은 과일은 남아서 버리게 되는 경우가 많은데, 작고 부드러운 키위라고 해서 다를 건 없었다. 네 팩의 키위가 고스란히 냉장고 안에서 수분을 날리며 쪼글쪼글해져 갔다.

응급실 사건을 치른 후, 부모님이 집에 오시겠다고 했다. 며칠 전부터 뭐가 먹고 싶냐고 물었다. 결혼 후 유독 생각나던 것이 있었는데, 바로 저녁 즈음 집에 들어설 때 폴폴 풍기던

'김치찌개' 냄새다. 생선보다 고기를 훨씬 좋아하는 엄마의 김치찌개에는 항상 돼지고기 목살이 들어갔다. 우리 집과 친정은 서울의 끝과 끝에 위치하고 있어서 누군가가 운전을 하지 않으면 다녀가기가 쉽지 않다. 게다가 가벼운 손으로 올 리가 없으니, 엄마는 아빠가 쉬는 날까지 기다렸다가 차에 짐을 한가득 싣고 아침부터 움직였다. 난 엄마가 끓여주는 '돼지고기 목살 김치찌개'를 기다리며 침을 삼켰다. 그런데 정작 엄마가 가져온 것은 '목살 김치찌개'가 아니라 '등갈비 김치찜' 재료였다! 목살보다 등갈비가 맛있어, 라면서. 그렇게 엄마는 업그레이드된 메뉴를 해놓고 집 구석구석을 청소하고, 냉장고 속 쪼글쪼글해진 키위 네 팩을 챙겨서 돌아갔다. 정말이지 엄마의 소박한 목살 김치찌개가 먹고 싶었던 나는 헛웃음을 지었고, 등갈비 김치찜의 대부분은 남편의 뱃속으로 들어갔다. 하지만 며칠 동안 집에서 나는 김치찜 끓는 냄새는 따뜻하고 행복했다.

솔직히 엄마의 앵무새같이 반복되는 관심이 성가시지 않았다고 하면 거짓말이다. 그나마 결혼 이후 잦아든 거지 고등학교 때 첫

휴대폰이 생긴 뒤로는 저녁만 되면 마치 알람처럼 벨 소리가 울리곤 했다. 친구들 사이에서도 유명할 정도였으니까. 엄마와 아빠는 행여나 딸이 어디론가 사라질까 항상 노심초사였고, 그 결과 난 어릴 적부터 두 분에 의해 제한받는 것들이 너무 많았다. 중학생 땐 앞머리조차 내 마음대로 내지 못했다. 귀를 뚫었다가 등짝을 맞았고, 핫팬츠를 샀다가 집에서 쫓겨날 뻔했다. 나는 엄마 아빠의 눈을 피해 학교에서 과제 한다고 거짓말하고 밤새 친구들과 놀기도 했고, 옷을 챙겨 나와 지하철역에서 갈아입기도 했다. 하지 말라고 할수록 하고 싶은 건 더 많아졌고, 내 성격에 참을 리 없었다. 사랑은 불안으로, 불안은 분노로 터지곤 했다. 말하고 싸우느니 서로 모르는 편이 나았다. 사람들은 부모님이 모른 척해주는 거라고 했지만, 내가 아는 부모님은 정말 몰라서 잠자코 있는 분들이다. 물론 태풍이 지나간 지금도 굳이 판도라의 상자를 열어볼 생각은 없다.

남편이 생겨서 비로소 안심되는 것인지는 몰라도 지금의 엄마와 아빠는 한결 편안해졌다. 규칙적이던 통화는 불규칙하게 변했고, 별다른 간섭 없이 생사를 확인하는 정도의 대화를 나누곤

한다. 두 분이 번갈아 가면서 전화하니 횟수도 잦은 편이고, 때문에 내가 먼저 해야겠다는 생각이 거의 들지 않는다. 어쩌다 수다가 터지면 신이 난 엄마는 절대 끊을 기미가 보이지 않는다. 그러면 내 쪽에서 마무리하는 목소리로 신호를 준다. 눈치가 빠른 엄마는 서둘러 전화를 끊는다.

그러고 나면 마음 한편이 시큰하다. 조금만 더 다정하게 받을 걸 하는 생각은 꼭 통화가 끝나고 나서야 밀려온다. 친정에 다녀오는 날이면 더욱 심하다. 여느 때와 다를 것 없이 신나게 고기를 구워먹고 나서는, 엄마가 챙겨준 짐을 한껏 실은 우리 차가 보이지 않을 때까지 배웅하는, 주위가 캄캄해서 잘 보이지 않는 부모님의 모습이 자꾸 쫓아온다. 그렇다고 변하는 건 없다. 두 분의 전화는 매일같이 오고, 나는 또 한번 귀찮은 듯한 목소리로 받는다.

임신 후 여러 번의 위기가 왔을 때 머릿속을 채우는 건 오로지 아기의 생사였다. 나는 아무리 밥을 못 먹고, 일을 못하고, 배와 가슴이 아프고, 정강이가 가렵고, 피를 쏟아도 괜찮으니 아기만은 건강하길 바랐다. 어려서부터 많이 아팠던 나여서 아기도 그러면 어쩌나 걱정이 한가득이었다.

자신보다 사랑하는 존재가 생기는 건 지옥이라고 했다. 난 항상 그게 두려웠다. 내 아기를 너무 사랑하게 될까 봐. 그런데 부모님에게도 그렇다. 지금보다 더 엄마와 아빠를 사랑하게 되는 게 두렵다. 분명 후회할 걸 알면서도 용기가 나지 않는다. 나는 그렇게 비겁한 딸이지만 두 분은 이 작은 그릇에도 자꾸만 사랑을 부어주신다. 다 받을 깜냥이 안 돼서 자꾸만 그 사랑이 새어 나가는데도 아무 상관 없다는 듯이. 넘치면 넘치는 대로 놔두라고, 이제는 너의 아기에게 흘려 보내주면 된다고. 그 넘치는 것을 모아 새로 담아줄 곳이 생긴 나는 이제야 이 책의 작은 귀퉁이를 빌려서 얘기하고 싶다.

엄마, 아빠, 사랑해요.

너에게 바라는 한 가지

사람들은 처음부터 무엇을 바라느냐고 물었다. 아들이냐 딸이냐 이 소리다. 나는 더 바라는 것도, 기대하는 것도 없었고 그만큼 궁금하지도 않았다. 관심이 없는 게 아니라 정말 아무 상관이 없었다. 하나만 낳아서 잘 키우자는 생각이 바탕에 깔려 있었는지도 모른다. 다자녀를 키우는 게 얼마나 힘든지 많이 들어서가 아니다. 그 이전에 또 한 번의 임신을 감당할 자신이 없다. 불안과 안도의 롤러코스터로 몸보다는 마음이 많이 헤졌다.

그래도 역시 성별을 알 수 있는 시기가 다가오면서 은근히 궁금해지기도 했다. 요즘에는 딸을 더 선호하는 분위기이긴 하지만, 굳이 선택하라면 나는 아들 쪽에 손을 들겠다. 내가 '아들'을 더 좋아해서가 아니다. 딸은 애교도 많다고 하고 아들보다 상대적으로 키우기 쉽다고 하고, 특히 나이 든 엄마의 친구가 되어줄 것처럼 보이는데, 그런 엄마로서의 혜택 이전에 여자로 산다는 건 생각보다 피곤한 일이기 때문이다. 가끔 여성의 사소한 일상을 나눌 때면 남자들은 처음 느껴보는 감정, 처음 해보는 생각이라는 반응을 보였다. 당연한 얘기지만 남자들은 생리통이 어떤 느낌인지 헤아리지 못한다. 외진 골목을 혼자 걸어갈 때의 불안이라든지, 택배 기사가 초인종을 누를 때의 긴장감 같은 것들. 이런 지극히 소소한 것들에 더해 여자라는 이유 하나 때문에 겪어야 하는 불편과 불안과 불합리를 열거하자면 끝도 없겠지. 무조건 나무랄 수는 없다. 겪어보지 못한 걸 이해하라고 강요할 수는 없으니까.

성별이란 삶을 지배하는 경험이다. 그리고 나는 내 아기마저 태어나면서부터 약자인 게 싫다. 이기적이라고 해도 어쩔 수 없다. 그게 현실이고 내가 살아온 세상이니까. 그러니까 나의 아기만큼은 인적 없는 길거리를 다니거나 혼자 짜장면을 시켜먹을 때 무섭지 않고, 유리 천장에 부딪히지 않고, 출산이나 육아로 인한 경력 단절을 고민하지 않았으면 좋겠다는 얘기다. 물론 그 전에 이 세상이 제자리를 찾는 게 중요하지만, 당장 내년부터 크게 달라질 것처럼 보이지는 않는다. 그러니 딸보고 열심히 헤쳐 나가라고 하기보다는 아들을 잘 가르치는 게 나을 것 같다.

하지만 나는 내가 아기의 성별을 이러쿵저러쿵하며 바라는 것 자체가 이기적이라는 생각이 든다. 프로불편러라고 해도 할 말은 없지만, 아이를 가진다는 것 자체가 이미 이기적인 것 아닌가? 나의 가정, 나의 경험, 나의 행복을 위해 낳는 거라고. 이미 그러한데 딸이 좋네, 아들이 좋네, 그럴 수는 없다.

나는 기대치라는 것이 주는 부담이 얼마나 큰지 너무 잘 안다. 하고 싶은 건 다 하고 사는 것 같으면서도 마음 한쪽이 쉴 새 없이 불편했던 건, 바로 그 기대에 부응해야만 한다는 일종의 책임감 때문이었다. 어릴 적부터 학원 한번 빠진 적 없었고(학원 가는 길에 사고를 당했는데도) 연애하고 밤새 놀면서도 학점 관리는 꼬박꼬박 해냈다. 부모님이 강요해서라기보다는(내 고집이 더 셈), 어떤 성과를 보여줄 때마다 너무나 기뻐하던 부모님의 '그 표정' 때문이었다. 대학교에 합격했을 때, 높은 토플 점수를 받았을 때, 취업에 성공했을 때 등 뭔가를 이루어낼 때마다 칭찬을 들었고 나에겐 그게 일종의 효도하는 방식이 됐다. 난 까마귀처럼 자꾸만 반짝이는 소식을 물어다 줘야만 할 것 같은 부담에 사로잡혀 살았다. 나이가 든 부모님은 한결 유연해졌고, 어차피 사람 일은 모르는 거니까 즐기라고 하실 때도 나는 그렇게 하지 못했다. 아무것도 해내지 못했을 때도 칭찬을 받았더라면 달라졌을까. 실패했지만 열심히 노력했으니 이긴 거나 다름없다는 말을 듣고 컸더라면 이까짓 마음의 돌덩이는 미련 없이 치울 수 있었을까. 하지만 결국엔 소심하고 예민한 내 성격인 것이다. 자꾸만 스스로 책임을 묻고 부담을 갖는 몹쓸 성격 때문이지 뭐.

그래서 나는 기대하지 않는 엄마가 되고 싶다. 뭔가 바라지 않는 엄마가 되고 싶다. 그럴 수 없다는 걸 알기에 더욱 스스로 다짐한다. 실패해도, 성공해도 똑같이 칭찬해주고 싶다고. 아들이어도, 딸이어도 똑같이 기뻐하고 싶다고. 내가 살아온 기준보다 앞으로 살아갈 아기의 기준으로 키우고 싶다고.

아기의 성별은 의사의 초음파 소견과는 별개로 처음부터 정해져 있다. 그리고 정말이지 나와 남편은 어느 쪽이든 아무 상관이 없다. 그저 우리에게 온 이 생명이 행복하기만을 바란다. 아들이라면 아들이라서, 딸이라면 딸이라서.

다음 문

문 하나가 닫히면 반드시 다른 문이 열린다.
하지만 이 문들이 친절하게
나란히 서 있지는 않아서
일단은 일어나 걸어야 한다.
새로 두드릴 문이
어디 즈음에 서 있을지는 아무도 모르지만
생각보다 가까이 있을 때도 있더라.
그러니 일어나서 걷자.
아무것도 보이지 않지만 천천히 걸어보자.

꿈

함께 살 날이 지금껏 살아온 날보다 더 많이 남은 사람과

앞으로의 막연한 날들에 대해 나누는 이야기는

한결같이 행복하고 매번 새로워 설렌다.

설령 그 일들이 실제로 일어나지 않는다고 할지라도.

오늘을 아름답게 만들면

어제의 기억도 아름다움으로 물든다.

EPILOGUE

서로 모르는 이야기

아직 꽃이 피려면 멀었지만, 오늘만큼은 봄 같은 날이다. 버스를 잘못 탔지만 조금 걷지 뭐. 날씨란 이렇다. 이런 날엔 별일 아닌 걸로는 웬만해선 화가 나지 않는다. 버스에서 내려서 카페로 가는 길에 이니스프리 매장에 들렀다. 선크림이 떨어질 때가 다 되었는데 마침 1+1 행사 중이다. 이게 웬 횡재. 언제나 활기찬 직원은 오늘도 몇 번이나 기분 좋게 인사한다. 어쩌면 내 얼굴을 알아보는 것 같기도 하다.

카페에 도착해서 올해 들어 처음으로 아이스 음료를 시켰다. 달고 시원한 밀크티가 각얼음과 섞여 나왔다. 드디어 찬 음료를 마실 때가 되었구나 생각하니 날아갈 것 같다. 토요일에 일을 해야 하지만 상관없다. 그런데 자리에 앉아 노트북을 켜는 순간, 정전. 음악도, 조명도, 인터넷도, 커피 머신도, 모든 게 한순간에 꺼졌다. 봄 같은 오늘이라 다행이다.

사태를 모르고 카페에 들어오려던 손님이 움직이지 않는 자동문 앞에서 당황한다. 하얗고 가녀린 직원이 큰 유리문을 움켜쥐고 옆으로 밀어서 열어주었다. 그리고 마치 준비된 듯, 손님, 지금 건물 전체가 정전이 돼서……. 시간이 좀 걸릴 것 같은데 괜찮으세요? 라는 멘트를 시작했다. 그 뒤로도 결혼식 하객 같은 네 명의 남녀,

갓난아기를 데리고 나온 젊은 부부, 지나가던 등산객 아저씨, 가벼운 옷차림의 동네 아가씨 등 적지 않은 사람들이 매장에 들어와 어두운 적막에 주춤하고, 상냥한 직원은 똑같은 말을 로봇처럼, 그러나 로봇 같지 않게 반복했다. 대부분은 바로 뒤돌아 나가고, 어떤 사람들은 의지를 드러내며 빈 테이블에 앉았다가 한참 뒤 별 소득 없이 떠났고, 한 커플은 햇살이 드는 창가에 앉아 이런저런 서류를 검토하며 기다렸다. 나는 그 사이에서 마치 특별한 사람이라도 되는 양 밀크티를 조금씩 음미했다.

한 남자가 들어와 직원과 대화를 나눈다. 전기 나간 지 얼마나 됐어요? 아직 원인을 확인 중이에요. 얼마나 걸릴지 모르겠는데.

아, 노트북 배터리가 얼마 남지 않았는데. 어제 충전해놓을 걸. 일을 빨리 끝내는 수밖에 없다. 늘어지는 시간과 쪼이는 시간 가운데서 갑자기 모든 게 한순간에 돌아왔다. 창가 자리에서 기다리던 커플은 드디어 기다림의 보상을 받는다. 불과 30초 후에 도착한 부부는 음료를 주문하고 진동벨을 건네 받았다. 그 뒤로도 얇은 옷을 입은 사람들이 지체 없이 카페에 들어섰다.

이 사람들은 방금 전까지 우리가 얼마나 고요하고 어둡고 기약 없는 상태를 공유했는지 모르겠지. 그것과는 상관없이 적절한 때에 찾아와 여느 때처럼 커피를 즐기는 것이다. 그러고 보면 내 타이밍 또한 상당히 적절했다. 한 시간 정도의 막연함은 있었지만 잃은 것 하나 없다. 알 수가 없는 일이다.

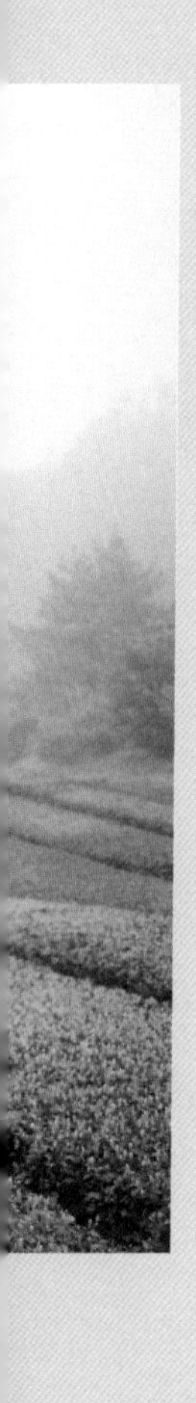

언제나 불안했고, 알 수 없는 것 투성이였다.
허덕이던 길에 잠시 멈춰 뒤돌아 보니
그보다 즐거울 수 없었고,
그보다 '나'일 수 없었다.

지나온 자리마다
작은 열매가
하나둘 맺혔다.

사적인 시차

우리는 다르고 닮았다

초판 1쇄 인쇄 2018년 5월 2일
초판 1쇄 발행 2018년 5월 14일

글·사진 룬아
펴낸이 유정연

주간 백지선
책임편집 김수진 **디자인** 안수진 김소진
마케팅 임충진 이다영 김보미 **제작** 임정호 **경영지원** 전선영

펴낸곳 흐름출판㈜ **출판등록** 제313-2003-199호(2003년 5월 28일)
주소 서울시 마포구 홍익로5길 59 남성빌딩 2층
전화 (02)325-4944 **팩스** (02)325-4945 **이메일** book@hbooks.co.kr
홈페이지 http://www.hbooks.co.kr **블로그** blog.naver.com/nextwave7
출력·인쇄·제본 ㈜상지사 **용지** 월드페이퍼㈜ **후가공** ㈜이지앤비(특허 제10-1081185호)

ISBN 978-89-6596-262-5 03810

• 흐름출판은 독자 여러분의 투고를 기다리고 있습니다. 원고가 있으신 분은 book@hbooks.co.kr로 간단한 개요와 취지, 연락처 등을 보내주세요. 머뭇거리지 말고 문을 두드리세요.

• 파손된 책은 구입하신 서점에서 교환해 드리며 책값은 뒤표지에 있습니다.

이 도서의 국립중앙도서관 출판예정도서목록(CIP)은 서지정보유통지원시스템 홈페이지(http://seoji.nl.go.kr)와 국가자료공동목록시스템(http://www.nl.go.kr/kolisnet)에서 이용하실 수 있습니다.(CIP제어번호: CIP2018013304)

my는 넥스트웨이브미디어㈜의 생활·예술·에세이 브랜드입니다. Make your life, MY!